이성계−조선왕조를 세우다

서연비람은 조선 시대 왕궁 내, 강론의 자리였던 서연(書筵)에서 강관(講官)이 왕세자에게 가르치던 경전의 요지를 수집하여 기록한 책(비람備覽)을 말합니다. 서연비람 출판사는 민주주의 국가의 주인인 시민들 역시 지속 가능한 과거와 현재, 미래의 이치를 깨우치고 체현해야 한다는 믿음으로 엄선한 도서를 발간합니다.

역사와 문학 비람북스 인물 시리즈

이성계 –조선왕조를 세우다

초판 1쇄 2023년 12월 15일
지은이 엄광용
편집주간 김종성
편집장 이상기
펴낸이 윤진성
펴낸곳 서연비람
등록 2016년 6월 29일 제 2016-000147호
주소 서울시 강남구 남부순환로 2909, 2층 201-2호
전자주소 birambooks@daum.net

ⓒ 엄광용 2023, Printed in Korea.

ISBN 979-11-89171-66-7 44810
ISBN 979-11-89171-26-1 (세트)

값 9,800원

역사와 문학

비람북스 인물시리즈

이성계

조선왕조를 세우다

엄광용 지음

서연비람

차례

머리말

　조선왕조는 500년의 역사를 가지고 있다. 세계 역사상으로 볼 때 한 왕조가 500년 이상 유지하는 경우는 드문 일에 속한다. 그런데 우리나라의 경우 대략 신라 1000년, 고구려와 백제가 700년, 그리고 고려 또한 500년 동안 왕조를 지켜왔다.

　오래 사는 나무는 그 땅속에 내린 뿌리가 튼튼하다. 한 나라의 왕조 역시 역사의 도도한 물줄기를 거슬러 올라가면 그 뿌리의 근착 과정이 단순하지 않음을 살펴볼 수 있을 것이다.

　기존 왕조를 무너뜨리고 새로운 왕조를 세운다는 것은 나무를 이식하는 어려움과 비슷한 과정을 거친다. 나무를 이식할 때 그냥 뿌리만 캐서 이 땅에서 저 땅으로 옮기는 것이 아니다. 옮기기 전에 뿌리를 보호하기 위해 온갖 정성과 노력을 기울여야만 이식을 한 후에도 새로운 토양에서 안전하게 뿌리를 내려 살 수 있다.

　역사적으로 살펴보면 조선왕조의 뿌리는 고려왕조에서

나왔는데, 왕씨에서 이씨로 역성혁명을 일으키는 과정에서 만만치 않은 우여곡절을 겪었다. 나무의 이식 과정에서 큰 뿌리를 보호하기 위해 사방으로 퍼져 있는 잔뿌리들을 잘라내야 하듯, 많은 사람이 피를 흘리는 대가를 톡톡히 치러야만 했다. 심지어는 골육상쟁이라는 왕자들 간의 권력다툼까지 겪었다.

조선왕조 500년의 뿌리를 내리게 한 이성계는 정적을 제거하는 과정에서 어쩔 수 없이 많은 피로써 희생의 대가를 치렀다. 고려 말 끝까지 나라를 지키겠다는 의지를 가진 무신과 문신들이 피를 흘리며 죽어갔다.

인생을 이야기할 때 '파란만장(波瀾萬丈)'이라는 말을 하는데, 조선왕조를 창건한 이성계만큼 말 그대로 '물결이 만길 높이로 솟는' 인생을 살아온 인물도 많지 않을 것이다. 그처럼 한 왕조를 개창한다는 것은 힘든 일이다. 만 길 높이의 물결을 헤치고 나가 마침내는 도도한 역사의 물줄기를 이어가는 태평성세를 이룩하는 것이 왕조의 생명력이기 때문이다.

역사는 흐르는 물결처럼 살아 움직인다. 조선왕조를 세운 이성계의 말년은 평탄치 못했다. 2차에 걸친 왕자의 난으로 인해 그는 상왕으로, 태상왕으로 거듭 밀려나면서

10년 세월을 고통 속에서 보냈다. 그가 신진사대부들과 함께 유교를 국가 이념으로 하는 조선왕조를 건설했지만, 아이러니하게도 말년에 이르러 불교에 심취했던 것은 많은 정적을 죽이고 골육상쟁의 빌미를 제공한 데 대한 스스로의 반성에 비롯되었다고 할 수 있다.

그러나 분명한 것은 조선왕조 500년 역사에서 그 뿌리를 이성계의 백전백승을 자랑하는 무장으로서의 투지와 역성혁명을 주도한 신진사대부들의 유교 철학에서 찾을 수 있다. 따라서 이성계의 일생을 엮어낸 이 소설에서 그 뿌리의 실체를 찾아보는 것도 독서를 하는 즐거움에서 빼놓을 수 없는 좋은 경험이 될 것이다.

2023년 11월
엄광용

1. 신궁수

한창 추수기로 접어든 날씨는 쾌청했다. 하늘은 구름 한 점 없이 푸르고, 살랑대는 바람에 갈색으로 물든 초목들이 부드럽게 이파리를 흔들어대고 있었다. 들판에선 한창 곡식들이 무르익어 가을걷이하는 농부들 손길이 바쁜데, 하필이면 이 시기에 왜구들이 쳐들어와 온갖 약탈을 일삼고 있었다.

1378년(우왕 4년) 초여름에도 왜구들이 바다를 건너와 지리산까지 진출해 분탕질을 칠 때, 이성계는 다섯째 아들 이방원과 함께 군사를 이끌고 가서 왜구들을 일망타진[1]하였다. 겨우 목숨을 건져 다시 바다를 건너간 왜구들 사이에선 이성계 이름만 들어도 벌벌 떨 정도였다.

그런데 해를 걸러 1380년(우왕 6년) 가을에 또다시 왜구들이 함선 500여 척을 타고 서해 진포로 상륙해 양광·전

---

1 일망타진(一網打盡): '그물을 한번 쳐서 물고기를 모조리 잡는다'는 뜻으로, 한꺼번에 죄다 잡는다는 말.

라·경상 삼도를 휩쓸었다. 그들은 농가 마을을 습격하여 약탈과 방화는 물론, 남녀노소를 불문하고 마구잡이로 활을 쏘고 칼을 휘둘러 인명 살상을 서슴지 않았던 것이다. 왜구의 주력부대는 상주·영동·옥주 등지를 거쳐 경산·함양을 경유해 지리산 자락으로 들어섰다. 깊은 골짜기에 은거하며 불시에 농가로 들이닥쳐 방화하는 등 지리산 인근 마을을 호시탐탐[2] 노리고 있었다. 일단 재물을 노략질할 목적이었으므로, 그들은 대갓집이나 부농의 집 창고부터 털었다.

이때 이성계는 삼도순찰사가 되어 개경에서 군사들을 이끌고 남쪽으로 내려가, 마침내 지리산 운봉 지역에 도착하였다. 지리산 자락 속에 자리한 운봉은 지대가 높아 사방 봉우리마다 구름이 낀다고 해서 붙여진 이름이었다.

이성계는 이태 전 초여름에도 지리산에서 왜구 소탕전을 벌였던 적이 있었으므로 주변 지리에 매우 익숙하였다. 그러나 운봉에 도착하자마자 작전을 세우기 위해 다시 한 번 지리산 능선과 계곡을 두루 살폈다. 큰 골짜기를 끼고 있는 험악한 지형의 능선이 있었는데, 그 뒤의 봉우리를 '황산'

---

2 호시탐탐(虎視眈眈): 범이 눈을 부릅뜨고 먹이를 노려본다는 뜻으로, 남의 것을 빼앗기 위하여 형세를 살피며 가만히 기회를 엿봄. 또는 그런 모양.

이라고 불렀다. 그 맞은 편 서북쪽에는 솥뚜껑처럼 생긴 정산봉이 마주 바라보고 있는 형국이어서, 황산 골짜기로 적을 몰아넣으면 일망타진하기에 좋은 전략적 요충지 역할을 할 수 있었다.

"만약 왜구들이 쳐들어온다면 이곳으로 올 가능성이 높습니다. 놈들은 깊은 산속에 은거해 있다 느닷없이 농가를 기습해 재물을 약탈해 갑니다. 지리산에 숨어 있는 왜구들은 운봉을 거쳐 남원으로 진출할 것으로 보이는데, 그렇게 되면 백성들의 피해가 막심할 것입니다. 따라서 이곳에 군사들을 매복시켰다가 저 험로를 통해 적들이 들판으로 나올 때 기습 공격을 하는 것이 좋겠습니다."

이성계는 형 이원계와 군사 작전을 논의했다. 조전원수3로 참여한 문신 정몽주는 이러한 회의 내용을 낱낱이 기록하였다.

"저들이 언제 나타날지 알 수 없질 않은가?"

"지리산에서는 반드시 이곳 운봉 지역을 거쳐야만 남원으로 진출할 수가 있습니다. 서해 진포로 상륙한 왜구들이

3 조전원수(助戰元帥): 고려시대 도원수 등 장군을 돕도록 한 임시 무관직.

지리산 자락으로 숨어들었다면, 저들은 머지않아 바로 이곳으로 나올 것입니다."

이성계는 군사를 둘로 나누어 왜구들을 삼태기 같은 황산 골짜기로 몰아넣기로 했다. 그는 형 이원계로 하여금 골짜기 위의 능선으로 군사를 이동시켜 매복하도록 했다. 그리고 그 자신은 섬진강의 한 줄기인 큰 하천을 배수진으로 삼아 둑 아래 풀숲에 군사를 숨겨둔다는 작전 계획을 세워놓고 있었다.

"그렇다면 나는 군사를 이끌고 저 황산으로 올라가겠네."

이원계가 막 떠나려고 하자, 이성계가 한 마디 더 덧붙였다.

"형님, 저 능선 위에는 깎아지른 절벽이 있습니다. 그곳을 비워둔 채 양쪽 능선에 군사를 매복시켜두십시오. 왜구들이 고개를 내려올 때 이곳 풀숲에 매복해 있던 우리 군사들이 저 황산 골짜기로 몰아붙일 것입니다. 그러면 적들은 산을 타고 오르게 될 터인데, 그때 능선 양쪽에서 함성을 질러 절벽 쪽으로 유도하십시오."

"알겠네!"

이원계는 곧 자신의 휘하 군사를 이끌고 황산으로 오르기 시작했다.

부친의 피를 이어받은 배다른 형제지간이지만 두 사람에게도 위계가 있었다. 이성계가 삼도순찰사이고 형 이원계는 한 직급 아래인 도원수이므로, 군사 작전에서는 철저히 동생의 지시에 따를 수밖에 없었다. 오래전 북쪽 변경인 함경도 지방에서 홍건적을 무찌를 때부터 그 위계는 지켜져 오고 있었으므로, 그것은 두 사람 사이에서도 자연스럽기까지 하였다.

　하루 이상 이성계가 하천 둑 밑에 군사를 매복시키고 기다리는데, 해가 중천에 떴을 무렵 문득 보니 고갯길 아래로 왜구 서너 명이 나타나 좌우를 살폈다. 정찰병인 듯했다. 햇살 가득한 들판은 평온해 보였고, 바람에 나부끼는 갈색 들풀만 이리저리 흔들릴 뿐이었다.

　"적들이 완전히 평지로 나설 때까지 기다려야 한다."

　이성계는 옆에 있는 휘하 장수들에게 귓속말로 지시했다.

　정찰병들이 다시 돌아가더니, 잠시 후 무리를 이룬 왜구들이 고갯길을 벗어나 들판으로 모습을 드러냈다. 그들은 좌우로 길게 이어진 넓은 개천을 바라보며 전열을 정비했다. 섬진강 지류인 그 개천만 건너면 바로 운봉을 지나 남원으로 연결되는 큰길로 나서게 되어 있었다.

　왜구들이 200보 거리까지 접근했을 때, 이성계가 풀숲에서 일어서며 대궁4에 대우전5을 먹여 화살을 날렸다. 연거푸 세 대의 화살이 포물선을 그으며 날아갔다. 휘리릭, 공기를 가르는 소리가 들리는 것과 거의 동시에 왜구 세 명이 화살을 맞고 말 아래로 굴러 떨어졌다.

이때를 기다려 개천 둑 아래 풀숲에 매복해 있던 이성계의 군사들도 일제히 일어섰다. 그러자 왜구들도 물러서지 않고 화살을 마구 날렸다. 그러나 그들의 화살은 개천 둑까지 미치지 못하고 들판 가운데 떨어졌다. 웬만한 화살로는 사거리가 못 미치는 거리였다.

이성계는 계속해서 대궁으로 화살을 날렸다. 대우전은 아무나 쏠 수 있는 화살이 아니고, 팔이 길고 힘이 장사여야만 대궁을 당겨 멀리까지 날아가게 할 수 있었다.

대우전은 공기를 가르며 날아가는데, 그 속도가 여느 화살보다 빨랐다. 이성계가 쏜 화살이 날아갈 때마다 왜구들은 얼굴을 감싼 채 나뒹굴었다.

그렇게 열 명 가까이 화살에 맞아 말 아래로 곤두박질을

---

4 대궁(大弓): 석궁 또는 예궁이리고도 하며, 활의 길이가 여섯 자(1.8m)로 큰 편이어서 먼 거리까지 화살을 날아가게 할 수 있다. 팔이 길고, 힘이 센 장사들이 이 활을 주로 사용한다.
5 대우전(大羽箭): 새의 깃털로 장식한 비교적 긴 화살. '동개살'이라고도 부른다.

치자, 전투 대열을 갖추었던 왜구들은 주춤주춤 도망칠 기미를 보였다. 말을 탄 적장이 뒤로 돌아서면서 후퇴 명령을 내리자, 왜구들은 마구 도망치기 시작했다.

이성계의 예상대로 왜구들은 자신들이 방금 내려온 가파른 고갯길이 아닌 삼태기처럼 생긴 황산 골짜기를 향해 도주하였다. 다시 가파른 고갯길로 도주했다가는 길이 좁아 개죽음을 당하기 십상이므로, 일단 잠시 골짜기로 몸을 피하여 적정을 살핀 후 다시 행동을 개시하겠다는 전략이 분명하였다.

"적들이 도망친다. 좌우로 벌려 공격해 왜구들을 골짜기 안으로 몰아넣어라."

이성계가 말 위에 오르며 소리쳤다.

그동안 이성계는 왜구 토벌에서 많은 전과를 올렸다. 그는 지혜와 용맹을 모두 갖추었을 뿐만 아니라, 특히 활을 잘 쏘았다. 그래서 신의 경지에 이른 명궁이라 해서 '신궁수'라는 별명까지 얻고 있었다. 왜구들 사이에도 그 명성은 익히 잘 알려져, 이성계의 대우전에 맞아 목숨이 달아난 동료들을 직접 목격한 자들은 싸우기도 전에 먼저 도망칠 생각부터 하였다.

지리산에서 내려와 운봉의 농가 마을을 습격하려던 왜구

들도 이성계의 백발백중6 활 솜씨를 보고 놀라, 소문이 거짓이 아님을 확인하고는 허둥거리며 도망치기 시작했다. 왜구들에게는 그가 '왼쪽 눈을 맞히는 명궁'으로 잘 알려져 있었던 것이다.

왜구들이 갑옷을 입었으므로 얼굴을 겨냥해 쏘았던 것인데, 그중 몇몇이 왼쪽 눈에 맞아 실명을 했던 모양이다. 그래서 이성계는 왜구 토벌에 나설 때마다 애써 대궁에 깃털 달린 대우전을 먹여 먼 거리까지 쏘되 왼쪽 눈을 맞히려고 노력하였다.

이성계는 말을 타고 달리면서도 활을 쏘아 대우전의 위력을 보여주었다. 왜구들은 그때마다 혼비백산7하여 달아나기에 바빴다.

"농가 마을로 적들이 가는 길을 철저히 막되, 골짜기 쪽을 열어놓아 모두 한곳으로 들어가도록 몰아붙여라!"

이렇게 군사들을 향해 소리치면서 이성계는 가장 앞장서서 적들을 향해 달려갔다. 그는 멀리 있는 적은 활로 쏘고, 가까

---

6 백발백중(百發百中): 백 번 쏘아 백 번 맞힌다는 뜻으로, 총이나 활 따위를 쏠 때마다 겨눈 곳에 다 맞음을 이르는 말.

7 혼비백산(魂飛魄散): '혼백이 어지러이 흩어진다'는 뜻으로, 몹시 놀라 넋을 잃은 모습을 이르는 말.

운 적은 환두대도로 한 칼에 베어 넘겼다. 그래서 말 위에서도 그의 양손은 자유자재로 바쁘게 놀았다.

왜구들은 이성계의 군사들에게 쫓겨 황산 골짜기로 달아나기 시작했다.

이번에 쳐들어온 왜구들은 대마도(쓰시마)와 구주(규슈) 두 섬의 병력을 모아 대부대가 출전한 것이었다. 2년 전, 대마도의 왜구들이 이성계와 그의 아들 이방원의 군사들에게 패전하여 일부 살아남은 자들만 배를 타고 도망친 적이 있었다. 그런데 이번에 대마도에서 소년 장수 아지발도8가 구주의 병력 지원까지 받아 보복전을 하기 위해 바다를 건너온 것이었다. 그것도 2년 전의 두 배나 되는 병력이 추수철을 기해 상륙, 마구잡이로 농가 마을을 습격하여 약탈과 방화와 살육을 일삼았다.

소년 장수 아지발도는 2년 전 패전하여 돌아간 대마도의 패잔병들로부터 이성계에 대한 소문을 들었다. '신궁수'로 알려진 그는 대궁으로 대우전을 쏘는데 사거리가 먼 곳까

---

8 아지발도(阿只拔都): 왜구가 극성을 부리던 고려 말 진포에 상륙해 약탈하던 왜구 무리의 우두머리. 15세쯤으로 여겨지던 어린 장수였으며, 뛰어난 무용으로 고려 병사들을 겁먹게 했다. 일본 발음으로는 '아키바츠'다.

지 화살을 날려 반드시 왼쪽 눈을 맞추는 신기에 가까운 실력을 소유하고 있다는 것이었다.

그런데 이번에 아지발도는 실제로 사거리가 긴 이성계의 화살에 얼굴을 맞고 쓰러지는 군사들을 목격하자, 그 소문이 사실임을 알고 일단 골짜기로 숨어들어 전열을 가다듬기로 했다. 산등성이로 달아나다 보면 그대로 도주로가 노출되어 이성계의 군대에 제압될 것이 두려워, 할 수 없이 군사를 숨기기에 좋은 골짜기를 택한 것이었다.

아지발도가 골짜기로 들어서서 한숨을 돌리려고 할 때, 양쪽 산등성이에서 함성이 들려왔다. 골짜기 입구는 이성계의 군대에게 막히고, 양쪽 산등성이는 이원계의 군대가 포위하고 있었던 것이다.

결국 아지발도는 군사들을 이끌고 계곡의 산비탈을 기어오르기 시작했다. 다시 골짜기를 벗어나 개활지로 나가기는 글렀다고 판단했다. 이성계의 군사들이 입구를 꽉 틀어막고 있었기 때문이기도 했지만, 신궁수의 화살이 무서워 감히 그런 엄두를 낼 수 없었다.

아지발도는 경사가 그다지 심하지 않은 산비탈을 택하여 능선으로 기어 올라갔다. 때마침 그쪽 방향에선 고려 군사들의 함성이 들려오지 않았다. 부쩍 의심이 들긴 했지만 유일한 선택은 오직 그 길밖에 없었다. 그러나 산등성이에 올라서자마자 곧 후회를 했다. 깎아지른 절벽이 내려다보였다. 그리고 그 양편 산등성이에서는 이원계의 군사들이 달려들고 있었다.

결국 아지발도는 다시 왔던 길을 되돌려 산비탈로 내려갈 수밖에 없었다. 완전히 독 안에 든 생쥐 꼴이 되고 만 것이었다. 앞뒤로 꽉 막힌 형국이므로 탈출로는 그래도 수월한 골짜기 입구뿐이었다. 일단 골짜기를 벗어나 평지로 진출하면 살아날 길이 있을 것 같았던 것이다.

이때를 기다려 이성계는 군사들로 하여금 골짜기를 막고 분전토록 한 후, 자신은 휘하의 몇몇 활 잘 쏘는 병사들과 함께 정산봉 언덕바지로 올라갔다. 그곳에선 골짜기가 한눈에 내려다보였고 사거리도 그리 멀지 않았다.

때마침 이성계는 산비탈을 내려와 말을 타고 골짜기를 벗어나려는 적장을 발견하였다. 적장 아지발도는 소년 장수라 하는데 그 용맹하기가 미쳐 날뛰는 맹수와도 같았다. 탈출로를 만들기 위해 말 위에서 칼을 휘두르며 산비탈을 달려 내려오는데, 마치 장맛비에 산사태가 나 바윗덩어리가 굴러 내려가는 것 같았다.

이성계는 화살의 사거리가 확보되는 순간, 적장 아지

발도를 향해 두 대의 대우전을 연달아 날렸다. 먼저 쏜 화살 하나가 아지발도의 투구에 맞았다. 투구가 머리에서 벗겨져 땅에 떨어지는 순간, 다음에 날린 화살이 정통으로 얼굴에 적중했다. 언덕에서 내려다보고 적정거리에서 쏜 화살이므로, 이성계의 대우전은 정확하게 적장의 왼쪽 눈을 꿰뚫었던 것이다.

소년 장수 아지발도는 말에서 떨어지자마자 그 자리에서 절명하였다. 장수가 죽자 왜구들은 더욱 갈팡질팡하다 고려 군사들의 창칼에 도륙되었고, 그나마 재수가 좋아 간신히 포위망을 뚫고 도망친 자들은 겨우 70여 명에 불과하였다. 이때 포획한 말만 1천여 필이었으니, 이 전투에서 죽은 왜구들의 숫자는 기병과 보병을 합쳐 그 배는 넘을 것이었다. 전사한 왜구의 피가 계곡물에 섞여 하천으로 흘러들어 며칠 동안 주변 농가 마을에선 그 물을 먹지 못했다는 말이 나돌 정도였다.

이성계가 왜구를 물리치고 적장인 소년 장수 아지발도를 전사케 한 이 전투를 '황산'이란 봉우리의 이름을 빌려 '황산대첩'이라고 불렀다.

고려 말 이성계의 '황산대첩'은 최영의 '홍산대첩'과 함께 왜구들을 물리친 대표적인 전과로 알려졌다. 나라가 어지러운 틈을 타서 왜구들이 바다를 건너와 노략질을 일삼을 때 막심한 인적·물적 피해를 본 백성들은 두 장수를 불세출의 영웅으로 추앙하였다.

2. 군부의 두 수장

"이성계 장군! 이제 장군의 신궁 솜씨에 놀라 왜구들이 감히 범접하지 못할 것이오."

고려 최고 권력자인 문하시중[1] 최영은 '황산대첩' 보고를 받고 나서 이성계를 극찬해 마지않았다.

"과찬이옵니다. 장군의 '홍산대첩'에 비할 바가 못 되옵니다."

이성계는 최영의 무술 실력을 잘 알고 있었다. 4년 전인 1376년(우왕 2년)에 노장 최영이 충청도 홍산에 쳐들어온 왜구를 크게 무찔러 '홍산대첩'이라 했는데, 그래서 그것과 비교하여 자신의 전과를 한껏 낮추어 말했던 것이다.

홍산대첩 당시 최영은 총사령관이면서 가장 앞장서서 싸우다 왜구의 화살에 입술을 맞았는데, 즉시 그 화살을 빼내 자신을 쏜 적장을 쏘아 죽였다는 일화가 전해져오기도 했

---

1 문하시중(門下侍中): 고려시대 최고의 관직.

다. 이성계도 그 소문을 익히 들은 바 있어 마음속으로 존경해 마지않았다.

"아니올시다. 장군이야말로 우리 고려의 들보가 아니겠습니까?"

최영은 이성계를 아주 믿음직한 시선으로 바라보았다. 사실상 원로대신이면서 군사 최고 수장인 최영은 고려의 방위를 책임지고 있는 대들보였다. 그런데 그가 이성계를 두고 '들보'라고 운운하는 것은 최상의 칭찬에 속했다.

노장 최영에 비하면 이성계는 젊은 편이었다. 최영과 무려 18세의 나이 차이가 났던 것이다. 아들 또래라고 할 수 있었다.

이성계는 평소 최영을 볼 때마다 자격지심에 시달리곤 했다. 고려의 장수들 누구 앞에서도 당당할 수 있었으나, 최영을 대할 때만큼은 은근히 주눅이 드는 것을 어쩌지 못했다.

우선 최영은 고려의 명문 귀족 출신이었다. 그는 재상을 지낸 최유정의 5대손이었으며, 부친 최원직은 사헌부 간관의 벼슬을 했다. 일찍부터 무술과 전략 전술을 익혀 문무를 겸비한 청년 장수로 이름을 떨친 그는, 그 명성답게 홍건적과 왜구 토벌로 많은 전공을 세웠다. 그리고 1352년(공민왕

원년)에는 조일신의 역모를 진압하여 39세의 나이에 대장군 반열에 올랐다.

그러나 이성계는 최영과는 달리 고려 변방의 한미한 무관집안 출신이었다. 그는 몽골군에게 점령당해 쌍성총관부가 있던 고려 북방의 화령에서 태어났다. 그의 고조부는 원래 전주의 향리였는데, 가솔을 이끌고 쌍성총관부 지역으로 이주해 자손 대대로 정착해 살아왔다. 그러다가 3대째인 부친 이자춘에 이르러 원나라로부터 '천호'라는 지방관 자리를 얻어 무관으로 근무했는데, 당시 고려인과 여진족을 상대로 한 세력가로 군림하게 되었다. 고려가 아닌 원나라 무관이었던 것이다.

이성계 역시 부친을 본받아 원나라 지방관으로 출발했는데, 그가 고려 조정의 무관이 된 것은 공민왕이 반원 정책을 쓰기 시작할 때부터였다. 당시는 원나라에서 명나라로 교체되던 시기로, 북방이 매우 시끄러웠다.

이른바 '원명교체기'를 틈타 공민왕은 원나라에 빼앗겼던 땅인 화령의 쌍성총관부를 수복하려고 동북병마사 유인우를 파견하였다. 이때 이자춘은 고려군이 쌍성총관부를 탈환할 수 있도록 적극 지원했고, 당시 22세였던 아들 이성계는 부친을 도와 원나라 세력을 몰아내는 데 힘을 보탰다.

원나라 세력이 물러가자 공민왕은 쌍성총관부를 폐지하고 그 지역에 화주목을 설치하였으며, 1361년 이자춘은 병마사로 임명되어 동북면 지방의 실력자로 부상하였다. 그의 아들 이성계도 청년 장수로 동북면의 여진족과 고려인 출신 사병들을 수하로 거느리며 점차 장수로서의 자질을 키워나갔다.

이성계가 고려 군부의 중앙 무대로 진출한 것은 1362년 10만 병력의 홍건적이 침입해 도성 개경을 함락했을 때였다. 그는 자신의 사병조직을 이끌고 개경으로 가서 홍건적의 두목을 활로 쏘아 죽이고 도성을 탈환하는 데 큰 공을 세웠다. 바로 그 다음해에는 원나라 장수 나하추의 군대를 무찌르기도 했다.

그로부터 2년 뒤인 1364년에는 원나라 황제가 군대 1만을 보내 고려에 위협을 가하면서 공민왕을 폐위시키려고 하였다. 당시 이성계는 최영과 더불어 의기투합하여 원나라 군대를 물리쳤는데, 이때부터 두 사람은 고려 군부의 신·구 세력 수장으로 부상하게 되었다.

이성계는 고려 북방의 동북 지역을 안정시키고 나서 당시 극심해진 삼남의 왜구들을 토벌하는 데 힘썼다. 특히 왜구가 내륙까지 침입해 지리산 일대를 휩쓸고 다닐 때 '황산대첩'의 혁혁한 공으로 그의 명성은 하늘을 찌를 듯했다.

　그러나 고려군의 사령탑이라 할 수 있는 최영에 비하면 이성계는 그저 몇 단계 아래의 하급 장수에 불과했다. 원나라 군대를 함께 물리칠 때부터 청년 장수로 눈여겨보고 있던 최영은, 마침내 '황산대첩' 이후 급부상한 이성계를 제대로 평가하게 되었다. 이성계의 빈천한 태생을 알고 무시하던 최영도 '신궁수'라 일컫는 뛰어난 활 솜씨를 비로소 인정하게 된 것이었다.

　이성계는 고려에서 최영만큼 인정받는 최고의 무장이 되고 싶었다. 이러한 야심을 누구에게도 밝힌 적은 없었지만, 전장에 나갈 때마다 죽기를 각오하고 싸워 반드시 이기려고 이를 악물었다. 그는 결코 패장이라는 오명을 남기고 싶지 않았다. 전투란 상황에 따라 이기는 적도 있고 지는 적도 있게 마련이었다. 그러나 그는 설사 패하여 후퇴하는 경우가 있더라도, 나중에 군대를 수습한 후 반드시 적의 허를 찌르는 기습공격을 가하여 승리를 거둠으로써 백전백승의 장수로 명성을 얻었다.

　특히 최영과 함께 출전할 경우 이성계는 더 많은 전공을 세우려고 노력했다. 최영은 대장군이고 이성계는 그의 휘하 장수였다. 그래서 이성계의 전공도 따지고 보면 최영에게 돌아가게 돼 있었다. 그런 점에서 이성계로선 불만이 많았지만, 일단 최영으로부터 인정을 받게 된 것만으로도 내심 큰 성공을 거두었다고 생각했다.

마침내 이성계가 최영과 어깨를 나란히 할 정도로 권력 기반을 다지게 된 것은 1388년(우왕 14년) 정월 무소불위[2]의 권력을 휘두르던 이인임 일파를 제거하는 데 큰 활약을 한 덕분이었다. 당시 우왕은 이인임 일파 몰래 최영에게 문하시중의 벼슬을 내리고, 남모르게 그들 세력을 축출해줄 것을 명령했다.

이때 최영은 비밀리에 이성계를 만나 함께 이인임 일파를 제거하자고 제의하였다. 당시 이인임을 비롯한 임견미·염흥방 등은 사병까지 두고 전국 각처의 토지를 불법적으로 수탈하였으며, 장리쌀을 못 갚아 빚을 질 경우 양민을 노비로 삼기까지 했다. 땅 주인이 논밭을 내놓지 않으면 사병들을 보내 '수정목'이라 불리는 물푸레나무 몽둥이로 두드려 패 강제로 빼앗았다. 심지어는 수단과 방법을 가리지 않고 관료들의 토지까지 강탈하였다. 그로 인해 백성들의

---

2 무소불위(無所不爲): 하지 못하는 것이 어디에도 없음. 무슨 일이든 할 수 있는 힘이나 권력, 행동 등을 나타내는 표현.

원성이 높았으므로 우왕은 최영에게 이인임 일파를 제거하라는 밀명을 내린 것이었다.

최영은 이성계의 도움이 절대적으로 필요하였다.

"장군도 알다시피 이인임 일파의 사병만 해도 그 세력을 무시할 수 없습니다. 비밀리에 기습하여 일망타진해야만 합니다. 장군만이 그 일을 해낼 수 있을 것입니다."

"네, 알겠습니다. 이인임을 위시하여 임견미·염흥방 세 군데 저택을 동시에 들이쳐 사병들의 손발을 묶어놓아야만 후환이 없을 것입니다."

이성계는 흔쾌히 최영의 부탁을 들어주었다.

이때 이성계는 임견미와 염흥방을, 최영은 이인임을 맡아 밤중을 기하여 동시에 들이치기로 했다.

정월 그믐 캄캄한 밤중에 이성계와 최영의 군대는 일격에 이인임 세력을 물리치는 데 성공했다. 이때 임견미와 염흥방의 경우 그의 일족 모두를 극형에 처했다. 그러나 최영은 이인임과의 사사로운 정에 못 이겨 우왕에게 다음과 같이 간청하였다.

"이인임은 나라가 어지러울 때 대국을 섬기는 정책으로 국정을 바로 세웠으니, 허물보다 공이 더 큽니다. 목숨만은 살려주시길 청원하옵니다."

우왕도 최영의 간청을 받아들여, 이인임의 목숨만은 살려주어 유배형으로 처리하였다. 10년 가까이 이인임의 섭정을 받으면서, 어린나이 때 우왕은 그를 '아버지'라 부르고 그의 처를 '어머니'라 불렀을 정도였다. 신하인 이인임도 우왕의 양아버지처럼 행세하면서 무소불위의 권력을 휘둘렀다. 그 정을 못 잊어 우왕도 최영의 청을 받아들여 이인임을 살려준 것이었다.

무진년 정월에 이인임 일파를 숙청한 사건을 일러 '무진피화'라고 하는데, 이성계는 그 공로를 인정받아 수문하시중[3]이 되었다. 문하시중인 최영 다음가는 벼슬자리에 오른 것이었다. 이로써 최영이 구세대의 군부 수장이라면, 이성계는 신군부를 이끄는 세력의 우두머리로 떠오르게 되었다.

이인임 일파를 제거했지만, 우왕은 이제 최영과 이성계의 군부가 두려워졌다. 우왕은 최영을 불러 딸을 후비로 달라고 청하였다. 그렇게 최영과 인척 관계라도 맺어놓지 못하면 도무지 불안해서 견딜 수가 없었던 것이다. 당시 최영

---

3 수문하시중(守門下侍中): 고려시대의 관직. 문하시중 다음가는 높은 관직이다.

에게는 정실 소생의 딸들이 모두 결혼을 하였고, 늦은 나이에 소실에게서 낳은 딸이 하나 있었다.

"정실 소생이 아니라 자격이 안 되옵니다."

최영은 완곡하게 우왕의 청을 거절하였다.

그러나 우왕은 자신의 고집을 끝내 꺾지 않았고, 최영 또한 더 이상 왕명을 거역할 수가 없었다. 이인임 세력을 제거한 바로 그해 3월에 최영의 딸이 우왕의 후비가 되어 궁궐로 들어갔다.

이성계로선 최영에게 불만이 많았다. 무진피화 당시 최영은 자원하여 이인임 저택을 기습하겠다고 했다. 그것은 그를 살려주기 위한 최영의 잔꾀였음을 이성계는 나중에야 알아챘다. 그런데다 최영은 우왕에게 딸까지 비빈으로 주면서 권력을 탐하였다. 이성계는 그것을 노망에 가깝다고 생각했다. 당시 최영의 나이 73세였으니, '탐욕이 심한 늙은이'라고 말해도 사리에 크게 어긋나지 않았다.

'권력욕으로 따지자면 이인임이나 최영이나 무엇이 다르단 말인가?'

이성계의 불만이 끝내는 마음속에서 그렇게 터져 나왔던 것이다. 그는 이인임이 유배를 떠나고 난 뒤 백성들 사이에 떠도는 소문을 들었는데, 이른바 '무진피화' 사건 직후 이인임이 최영의 저택을 찾아가 목숨만을 살려달라고 애원했다는 이야기였다.

"초록이 동색이지, 별수 있나?"

최영과 이인임 두 사람의 얼굴을 떠올리는 순간, 이성계의 입에서 뱉어진 말이었다.

3. 대풍가

　이인임 세력을 축출한 공적으로 수문하시중의 벼슬자리에 오르긴 했지만, 이성계의 마음은 그다지 편치 않았다. 문하시중과 수문하시중은 왕을 좌우에서 보좌하는 고려 최고의 관직이었다.

　그러나 최영이 문하시중이 된 것과 이성계가 수문하시중이 된 것은 그 과정을 놓고 볼 때 현격한 차이가 있었다. 최영은 귀족 집안 자제로 일찍부터 출세의 길이 열려 순탄하게 그 자리까지 오를 수 있었지만, 변방의 이름 없는 무장의 아들로 태어난 이성계는 개천에서 용이 났다고 할 만큼 크게 신분 상승을 한 것이었다. 즉 최영은 귀족 집안이라는 배경이 출세에 큰 도움을 주었지만, 이성계는 오로지 피와 땀으로 점철된 자기 노력으로 군부 최고 자리까지 올라왔다.

　그런데도 이성계의 마음은 허전하기만 했다. 그의 주변에는 마음에 맞는 인물이 없었다. 허허로운 마음을 달랠 수 있는 친구도 손가락으로 꼽기 어려웠다. 계절은 초여름으로 치달려 가는데, 그의 마음은 쓸쓸한 가을 벌판에 뒹구는 낙엽의 신세와도 같았다.

조정에 출사하지 않고 쉬던 어느 날이었다. 저택에서 하릴없이 마당을 거닐던 이성계는, 화단에 핀 붉은 개양귀비[1] 꽃을 바라보다가 퍼뜩 고개를 들었다. 어디서 씨가 날아와 화단에 뿌리를 내렸는지 모르지만, 어제까지만 해도 꽃망울이 땅 아래로 고개를 푹 수그리고 있던 개양귀비가 오늘은 바짝 고개를 들고는 하늘을 향해 활짝 웃고 있었던 것이다. 그 개양귀비를 흔히 '꽃양귀비'라고도 하는데, 하찮은 들꽃이라 사람들이 눈여겨보지 않아 양귀비란 이름 앞에 '개' 자를 붙인 것 같았다. 피어날 때의 그 붉은빛은 화려함의 극치를 보여주었는데, 과연 양귀비와도 같은 자태에다 그 앞에 '꽃'을 붙여 부를만한 충분한 이유가 있을 만큼 아름다웠다.

'그래, 어제와 오늘은 분명히 다르지. 어제는 '개'였지만 오늘은 '꽃'이 될 수 있는 저 꽃양귀비처럼 이제 나도 고개

---

1 개양귀비: 쌍떡잎식물 양귀비목 양귀비과의 두해살이풀. 우미인초(虞美人草)·애기아편꽃, 혹은 꽃양귀비라고도 한다. 꽃이 피기 전에는 꽃망울이 밑을 향해 있으나 필 때는 위를 향하는 것이 특징이다.

를 바짝 들고 살아야겠다.'

이성계는 문득 꽃양귀비를 보고 한 사람의 얼굴을 떠올렸다. 뜻밖에도 그것은 정도전이었다.

무장으로 고려의 정치를 좌지우지하는 위치에까지 올랐지만, 이성계는 부족한 것이 있었다. 수문하시중은 문무를 겸한 정승의 자리인데도, 그는 학문에 있어서 크게 자랑할 바가 못 되었다. 주로 병법서를 읽었지 경서를 즐겨 탐독한 적은 별로 없었던 것이다.

이성계는 동북면 도지휘사로 있을 때 처음 인연을 맺었던 정도전을 가까이에 두고 싶었다. 그는 수문하시중의 높은 자리에 오르고 나서 부쩍 정도전이 보고 싶어졌다. 때가 무르익고 있다는 판단이 섰기 때문이었다.

집 안으로 들어간 이성계는 문갑 속에 꼭꼭 숨겨두었던 정도전의 시가 적힌 종이를 꺼내보았다. 동북면에서 만났을 당시, 정도전은 자신의 목을 맡기고 간다면서 그에게 그 종이를 주고 떠났다.

'흐음, 삼봉을 부르려면 미리 선물 하나를 준비해둬야겠군.'

이성계는 말없이 고개를 주억거렸다. 정도전의 호는 '삼봉'이었다.

다음날 이성계는 우왕을 알현하고, 정도전에게 마땅한

관직을 제수해줄 것을 청원하였다. 우왕은 모처럼 부탁하는 이성계의 청을 들어주지 않을 수 없었다.

"정도전에게 무슨 관직을 주었으면 좋겠소?"

"신유학에 관심이 많은데다 전에 성균좨주2를 지낸 바 있으니 성균관을 관장하는 성균대사성3이 좋을 듯싶사옵니다."

이성계는 어떤 관직이 정도전에게 어울릴까 미리 생각해둔 바가 있었다. 때마침 성균대사성 자리가 비어 있어 잘됐다고 무릎을 치기까지 했다.

예전에 이색이 성균대사성을 지낸 바 있었다. 정도전도 이숭인·권근·정몽주 등과 함께 이색의 문하에서 학문을 익힌 신진사대부였다. 한때 정몽주도 성균대사성 자리에 있었으므로, 그의 후학인 정도전이 그 자리에 앉는다고 해서 나쁠 것도 없었다.

사실상 그동안 정도전의 관운은 그다지 좋지 못했다. 원래 그의 조부는 경상도 봉화군 향리 집안 출신이었다. 그런

---

2 성균좨주(成均祭酒): 고려 말에서 조선시대 때 성균관(成均館)의 정3품 벼슬. 주로 석전(釋奠)의 제향(祭享)을 맡아 봄.
3 성균대사성(成均大司成): 성균관의 수장을 일컬음.

데 정도전의 경우 외조모가 노비였다는 출신성분이 출세의 길을 막았다.

부친 정운경이 중앙 관료가 되어 벼슬을 하게 되자, 정도전은 개경으로 와서 초창기에 이제현을 스승으로 삼아 학문을 익혔다. 그리고 그 이후 이색 문하에 들어가 젊은 유학자들과 함께 경서를 두루 섭렵하였다.

정도전은 1360년(공민왕 9년) 성균시에, 2년 후인 1362년에 진사시에 급제하였다. 과거 급제 후 젊은 신진사대부로 공민왕의 총애를 받았으나, 공민왕 사후인 1375년(우왕 원년)에 실세였던 이인임의 정책에 반대를 하다가 밉보여 나주의 거평부곡으로 유배를 당하였다.

정도전이 유배 생활을 하던 1376년(우왕 2년) 7월에 왜구들이 나주로 쳐들어왔다. 가뜩이나 지방 향리들의 이전투구4와 부정부패5로 생활이 피폐해진 농민들은 왜구들의 노략질로 먹고살 방도가 막막해졌다. 그는 그러한 가난한 백성들의 곤궁함과 막막한 처지를 직접 두 눈으로 똑똑히

---

4 이전투구(泥田鬪狗): 진흙 속에서 개들이 서로 싸움. 즉 명분도 없이 서로 꼴사납게 싸우는 모습.
5 부정부패(不正腐敗): 바르지 않고 썩을 대로 썩은 모습.

목격했다. 나라가 망국의 길로 가면 백성이 도탄에 빠져 허덕일 수밖에 없다는 것을 뼈저리게 절감하는 순간이었다.

1377년(우왕 3년) 정도전은 나주에서 2년 2개월 동안의 유배생활을 끝내고 다시 개경으로 돌아왔다. 그러나 그는 관직을 얻을 수가 없었다. 이인임 일파는 여전히 무소불위의 권력을 휘두르고 있었고, 그 세력을 등에 업고 백성들을 괴롭히는 탐관오리6들은 그에게 관직을 주지 않았다. 간혹 그를 천거하는 신진사대부들도 있긴 하였으나, 매관매직7을 일삼는 이인임 일파가 번번이 그의 외조모가 노비였다는 출신성분을 문제 삼는 바람에 벼슬자리를 얻지 못했다.

결국 실의에 빠진 정도전은 집을 떠나 유랑 생활을 하기로 했다. 그로부터 7년 동안 그는 영주·삼봉·부평·김포 등지를 떠돌며 백성들의 궁핍한 생활을 보고 울분을 토하였다. 우왕 원년에 같이 유배를 떠났던 신진사대부들이 해배되어 돌아와 속속 관직에 복귀하고 있다는 소식이 들리자, 그는 더욱 심한 고립감에 시달렸다. 그가 다시 개경으로 돌아가 관직에 나가려고 하면, 외조모가 노비 출신이라는 걸

---

6 탐관오리(貪官汚吏): 백성의 재물을 탐내어 빼앗는, 행실이 깨끗하지 못한 관리.
7 매관매직(賣官賣職): 돈이나 재물을 받고 벼슬을 시킴.

트집 삼아 벼슬자리를 주지 않을 것이 불을 보듯 뻔한 노릇이었기 때문이다.

1382년(우왕 8년)에 정도전은 유랑생활에서 돌아와 한양 땅 삼각산 밑에 초가로 오막살이집을 짓고 살았다. 왜 그런지 도성인 개경으로 돌아가기 싫었던 것이다. 뚜렷하게 먹고 살 방도가 없었으므로, 그는 학당을 만들어 마을 아이들에게 글을 가르치며 일개 서생으로 지냈다. 그러나 그 지역 출신의 재상이 정도전을 미워하여 자기 땅이라는 이유로 수하들을 시켜 집을 헐어버렸다. 다시 부평의 남촌으로 옮겨 학당을 열었으나, 그곳에서도 역시 재상 출신 세도가가 자신의 별장을 짓겠다며 누옥을 헐어버렸다.

정도전은 유랑생활을 하고 있을 때 이성계의 '황산대첩' 소식을 접하였다. 유배지 나주에서 왜구들의 난장질을 겪은 바 있는 그는 이성계를 다시 보게 되었다. 이성계는 북쪽 변경의 이름 없는 무장의 아들로 태어났다고 들었다. 그런데 당시 고려의 최고 무장인 최영의 '홍산대첩'에 버금가는 공을 세웠으니, 이성계도 앞으로 크게 출세할 것이라고 생각했다.

정도전은 이성계의 출신을 생각할 때 자신과 크게 다를 바 없다고 생각했다. 그의 짐작은 맞아떨어졌다. 비록 북쪽 변방의 이름 없는 무장 아들로 태어났지만, 이성계는 젊은 시절부터 뛰어난 무술과 용맹으로 눈부신 공을 세워 당대의 귀족 집안 출신인 최영에 버금가는 지위에까지 올랐던 것이다.

그런데 정도전이 유랑생활을 하며 떠도는 소문을 들은 바에 의하면, 이성계는 남다른 꿈을 갖고 있는 듯했다. 이성계는 '황산대첩'에서 왜구를 크게 물리친 후 이씨의 본관인 전주에 들러 종친이 베푸는 술자리에서 '대풍가'를 읊었다고 했다.

> 큰바람이 불어오니 구름이 날리네
> 천하에 위세를 떨치며 고향으로 돌아왔도다
> 어찌하면 용사를 얻어 천하를 지킬 것인가

이 '대풍가'는 한나라 고조 유방이 영포의 반란을 진압하고 고향 패현으로 돌아가 연회 자리에서 읊은 노래였다.

이성계가 바로 그 노래를 불렀다는 것은 전장에서 크게 승리를 거두고 고향에 돌아온 한 장수의 기개로 볼 수도 있지만, 좀 더 깊이 생각해 보면 의미심장한 데가 있었다. 더구나 한나라를 건국한 유방이 부른 노래라는 데서 정도전은 그것을 따라 한 이성계의 포부가 무엇인지 꿰뚫어 보았다.

그때 정도전은 반드시 이성계를 한번 만나봐야겠다고 결심하였다. 그러나 이성계는 1383년(우왕 9년) 동북면도지휘사로 임명되어 고려 최북방을 지키는 장수로 나가게 되었다. 그도 그럴 것이 당시에는 이인임과 최영이 고려 조정을 좌지우지하고 있을 때였으므로, 아무리 '황산대첩'으로 왜구를 크게 무찔렀다 하나 이성계를 견제하지 않을 수 없었다. 그래서 그를 도성에서 멀리 떨어진 함경도 변방의 수비대장으로 내보낸 것이었다.

정도전은 유랑 생활을 마치고 돌아와 이성계와 만날 기회를 잡으려고 했으나 만사가 여의치 못했다. 이미 이성계는 누군가의 소개를 받지 않으면 일개 서생으로 만나기 어려울 만큼 높은 위치에 올라가 있었다.

바로 그즈음, 정도전은 이색 문하에서 같이 학문을 연구한 정몽주를 우연히 만났다. 당시 정도전은 자신보다 5세 연상인 정몽주를 선배라기보다 스승처럼 우러러보고 있었다. 정몽주는 24세의 나이인 1360년에 일찍이 문과에 장원급제하였으며, 1372년(우왕 2년)에는 성균대사성에까지 올라갔으나 이인임 세력의 주장에 맞서다가 경상도 언양으로 유배되기도 했다.

"실로 오래간만입니다."

개경의 대로상에서 정몽주를 만난 정도전은 너무 반가워 울컥, 하고 목소리까지 잠겼다.

"여보게 삼봉! 그대가 어려움에 처해 있다는 소식은 들었네. 그래서 한번 만나보고 싶었는데, 통 어디에 있는지 알 수 있어야 말이지. 한양 삼각산 자락에 산다는 말도 들리고, 고향으로 내려갔다는 소문도 있고 해서 말일세."

정몽주는 반가운 나머지 정도전의 손을 덥석 잡더니, 자신의 저택으로 이끌었다. 두 사람은 곧 저택 사랑방에 다탁을 가운데 두고 마주앉았다.

"시생도 만나 뵙고 싶었으나, 언젠가 들으니 임지인 동북면으로 떠나셨다고 하더군요."

정도전이 먼저 입을 열었다.

"동북면에서 돌아온 지 얼마 안 되네."

정몽주는 손을 들어 정도전에게 차를 권했다.

"동북면이라면 이성계 장군이 있는 곳 아닙니까?"

"그렇다네. 내가 동북면조전원수로, 이성계 장군이 동북면도휘지사로 발령을 받고 갔던 것이지."

정몽주는 문관으로 조전원수가 되어 도지휘사 이성계 휘하에 배치되었던 것이다. 조전원수는 전투를 돕기 위해 파견된 문관으로, 군사들의 일거수일투족을 낱낱이 기록으로 남기는 직책이었다.

"유랑생활을 하던 중 이성계 장군의 '황산대첩' 이야기를 들은 바 있었습니다. 백성들 사이에서도 신궁으로 크게 소문이 났더군요."

"그 '황산대첩' 때 나도 조전원수로서 이성계 장군 휘하에 있었다네."

"그렇다면 이성계 장군과는 매우 인연이 깊으시군요?"

"문과에 급제한 뒤 3년쯤 되던 해던가, 내가 동북면도지휘사 종사관으로 종군할 때 서북면에서 달려온 병마사가 바로 이성계 장군이었다네. 그때 함께 여진 토벌을 했었지."

"허면 벌써 이성계 장군과의 인연이 20년 가까이 되는군요?"

정도전이 손가락으로 해를 세어보더니 말했다.

"그런 셈이지. 한데 삼봉, 자네 이성계 장군에게 꽤 관심이 많구먼."

"네, 호연지기8가 마음에 듭니다. 한 번 이성계 장군을

---

8 호연지기(浩然之氣): 온 세상에 가득 찬 넓고 큰 기운의 뜻으로, 대장부의 큰 뜻을 표현할 때 주로 쓰는 사자성어다.

만날 수 있게 해주시면 안 되겠습니까?"

"어려울 건 없지. 어쩌면 삼봉과 뱃심이 맞을 것도 같구먼. 내가 이 자리에서 바로 소개서를 한 장 써주지."

정몽주는 즉시 지필묵9을 준비해 서신을 써 내려갔다.

"저야 뭐 일개 서생 신세이니, 이 기회에 유람삼아 동북면에 가봐야겠습니다. 여러 가지로 도움을 주셔서 고맙습니다."

정도전은 정몽주로부터 소개하는 글이 적힌 서찰을 받은 후 일어섰다.

1383년 가을, 정도전은 함주(지금의 함흥)로 동북면도지휘사 이성계를 찾아갔다. 폐포파립10의 차림인 일개 서생이 만나자고 하자, 이성계는 잔뜩 의심스런 눈초리로 상대를 쳐다보았다.

"포은 선생의 소개장입니다."

정도전은 먼저 품속에서 서찰을 꺼내 이성계에게 건넸다.

이성계는 정몽주의 서찰을 읽고 나서 여전히 날카로운

---

9 지필묵(紙筆墨): 종이와 붓과 먹을 가리키는 말로 옛날의 글쓰기 도구를 지칭한다.
10 폐포파립(弊袍破笠): 해진 옷과 부서진 삿갓을 이르는 말로, 남루한 옷차림을 가리킨다.

눈길을 풀지 않고 정도전을 직시했다.

"그래 이 먼 곳까지 나를 찾아온 이유가 무엇이오?"

"소문에 들으니, 장군께선 '황산대첩' 직후 전주로 가서 종친들과 연회를 열 때 대풍가를 불렀다 하더이다. 장군의 그 기개가 마음에 들어 꼭 한번 뵙고 싶었습니다."

정도전은 애써 이성계의 날카로운 눈길을 피하지 않았다.

"그대는 이인임이 보내서 왔는가?"

이성계는 나직하나 분명하게 말의 마디 하나하나에 힘을 주어 물었다.

"아닙니다. 이인임 때문에 유배까지 당했던 몸인데, 그럴 리가 있겠습니까?"

"그러면 최영이 보냈는가?"

이성계의 눈길은 낚싯바늘처럼 사뭇 휘어져 있었다.

"장군! 염려 마십시오. 시생 스스로 온 겁니다."

정도전은 여차하면 이성계가 허리에 찬 대도를 빼어 자신의 목을 칠지도 모른다는 위기감을 느꼈으나, 그럴수록 더욱 당차게 나왔다.

"그렇다면 이제 나를 찾아온 이유를 말하시게."

"순자는 말하기를 '백성은 물이요, 군주는 배와 같다'고 했습니다. 장군께서는 저 한나라 유방의 '대풍가'를 부르셨습니다. 그렇습니다. 지금 우리 고려에는 큰바람이 불고 있습니다. 큰바람이 불면 물결이 사나워지고, 결국 배가 뒤집히고 마는 사태에 직면하게 될지도 모릅니다. 지금 이런 국난에 처했을 때 장군께서 큰바람을 잠재워주시길 바라는 간절한 마음에, 시생은 이렇게 한걸음에 달려온 것입니다."

"네놈은 목이 두 개라도 되는가? 그래서 목 하나는 개성에 두고 와서 그리 꼴사납게 주절대고 있는 것인가?"

갑자기 이성계는 얼굴을 험악하게 일그러뜨리며 호통을 쳤다.

"사람의 목이 어찌 두 개일 수 있겠습니까. 보시다시피 목은 하나밖에 없습니다. 허나 장군께서 목이 두 개라고 말씀을 하시니, 그렇다면 두 개인 셈 치고 개경으로 돌아갈 때 시생의 목 하나는 여기에 맡기고 가겠습니다. 그렇게 하면 장군의 의심이 풀리지 않겠습니까?"

"목을 내게 맡기고 간다?"

"그렇습니다."

정도전은 바랑에서 지필묵을 꺼냈다. 그러고는 한달음에 글을 써 내려가기 시작했다.

아득한 세월에 한 그루 소나무
청산의 몇 만 겹 속에 자라났던고
잘 있거라 다음에 언제 서로 볼는지
인간 세상 굽어보면 묵은 자취인 걸

"이것이 시생의 또 다른 목이올시다."

정도전은 시가 적힌 종이를 이성계에게 건넸다.

그렇게 정도전이 자신의 목이라고 시를 써서 건네고 동북면을 떠난 지가 어느 사이 5년이나 흘러갔다.

그동안 이성계는 여러 번에 걸쳐 시를 음미했지만, 그 종이가 어찌 정도전의 목이 되는지는 알쏭달쏭하였다. 그러나 그 목이 '신뢰'나 '믿음' 같은 상징적인 의미라는 것만은 어렴풋이 짐작할 수 있었다.

시에서 정도전은 이성계를 '소나무'로 표현했으며, 그것도 '청산의 몇만 겹 속에' 우뚝하게 자라났다고 상찬을 아끼지 않았다. 이때 '청산'은 고려일 터이고, 그렇다면 우뚝 솟은 '소나무'는 무엇을 상징하는지 무관인 이성계도 충분히 짐작할 수 있었다. 그것은 '최고의 권위'였고, 함부로 발설해서는 안 될 만인지상11보다 더 높은 단계를 이르는 말일 터였다. 즉 나라를 다스리는 '군주'를 뜻하는 것이니, 실로 무서운 말이었다. 정도전이 감히 자신의 목을 맡길 만한 시가 아닐 수 없었다.

이성계는 마침내 정도전의 시에 언급된 '다음에 언제 서로 볼는지'라는 구절에 대한 화답으로 이젠 서로 만나야 할 때가 됐다고 생각했다. 그동안 이성계도 그에게 변변찮은 벼슬자리를 연결시켜준 적은 있지만, 직접 만나는 것은 애써 꺼려왔었다. 어쩐지 그를 공개적으로 만나는 것이 두렵기까지 했던 것이다.

한편 함주까지 가서 이성계를 만난 후 개경을 돌아온 정도전은 스스로도 불가사의하게 느껴질 정도로 힘이 불끈불끈 솟아났다. 오랜 체증으로 고생하다 속이 뻥 뚫린 것처럼 마음이 가벼워지자, 캄캄절벽 같던 그의 앞날에 뭔가 희망의 빛이 보이기 시작했던 것이다.

다음 해인 1384년(우왕 10년)에 정도전은 이성계의 추천으로 전의부령12이 되어 실로 오랜만에 관직에 나갔다. 그리고 그해 7월에는 정몽주가 성절사로 명나라 사신이 되어 떠

---

11 만인지상(萬人之上): 위로는 단 한 사람만 섬기면 되고, 아래로는 온 백성을 다 스린다는 뜻. 신하로서 최고의 자리를 뜻함.
12 전의부령(典儀副令): 고려시대, 전의시(典儀寺)의 정4품 또는 종4품 벼슬.

날 때 서장관13으로 함께 가게 되었다. 사신단의 매일매일 행적을 기록하는 것이 서장관의 임무인데, 이는 스승 이색이 정몽주에게 적극 정도전을 추천해서 이루어진 일이었다.

이색은 다음과 같은 이유를 들어 정도전을 사신단 서장관으로 추천하였다.

> 정도전은 학문의 강명함이 정몽주와 같고, 저술은 이숭인과 같다……. 문장이 있고 절의가 있으니, 중국의 사대부가 어찌 정도전을 가벼이 생각하겠는가.

명나라 사신으로 갔다 돌아온 정도전은, 바로 그 다음해인 1385년(우왕 11년)에 성균좨주가 되었다. 좨주는 제사 의식을 관장하는 벼슬자리로 학덕이 높은 사람 가운데서 뽑았다. 그만큼 정도전의 학문을 성균관에서도 알아주었다고 할 수 있었다. 이때 성균관에서 정도전은 불교를 배척하는 배불운동을 주도하였는데, 우왕의 스승으로 국사를 지낸 보우선사가 열반14했을 때 비문을 써주었다는 이유로

---

13 서장관(書狀官): 외국에 보내는 사신 가운데 기록을 맡아보던 임시 벼슬.
14 열반(涅槃): 모든 번뇌의 얽매임에서 벗어나고, 진리를 깨달아 불생불멸의 법을

동료와 선후배 유학자들로부터 비난을 받았다.

결국 성균좨주를 그만둔 정도전은 1387년(우왕 13년)에 자원하여 남양부사로 갔다. 성균관에 좨주로 있을 때에 비하면 부사인 지방관은 좌천이라고 할 수 있었다. 그러나 정도전은 두 발 전진하기 위하여 한발 물러선다는 생각으로 백성들을 보살피는 일을 맡기로 한 것이었다. 많은 관료가 흔히 외직으로 나가 경험을 쌓음으로써 향후 중앙 요직에 오르는 것이 관례임을 그는 잘 알고 있었던 것이다.

그러던 어느 날, 이성계로부터 정도전에게 성균대사성에 추천을 했으니 개경으로 돌아오라는 연락을 받았다. 외직에 나가 있으면서도 나라 돌아가는 판세를 손금 들여다보듯 읽고 있던 정도전은 드디어 올 것이 왔다고 생각했다.

'지금이 적기다. 무엇을 망설이랴.'

당장 남양부사직을 내려놓은 정도전은 다시 폐포파립의 일개 서생 차림으로 개경을 향해 발걸음을 재촉했다.

체득한 경지. 즉 불교의 궁극적인 실천 목적이다. 일반적으로 '스님의 죽음'을 의미한다.

4. 지는 해, 솟는 태양

이성계는 사랑채에 가부좌[1]를 틀고 앉아 눈을 감은 채 깊은 생각에 잠겨 있었다. 그의 한일자로 다문 입과 이마의 성긴 주름이 마음속 고뇌를 그대로 드러내주고 있었다. 들창으로 비치는 저녁 햇살이 점차 붉은빛으로 변하면서 그의 얼굴을 더욱 그늘지게 만들었다. 술을 마시지 않았는데도 불쾌한 기색이 역력하였는데, 어찌 보면 그것은 내면에 숨긴 울화가 밖으로 드러난 모습 같기도 했다. 결코 석양 때문에 그런 것만은 아니었다.

"흐음, 대체 이 난관을 어찌 헤쳐 나가야 한단 말인가?"

이성계는 끄응, 힘을 주며 일어나 사랑채 바깥문을 열고 마당으로 나왔다. 그는 뒷짐을 진 채 마당가를 서성이면서 노루 꼬리만큼 남은 저녁 해를 바라보았다. 그 빛이 산자락

---

1 가부좌(跏趺坐): 부처의 좌법(坐法)으로 좌선할 때 앉는 방법의 하나. 왼쪽 발을 오른쪽 넓적다리 위에 놓고 오른쪽 발을 왼쪽 넓적다리 위에 놓고 앉는 것을 이르는 말.

을 뒤덮으며 발끝에 와서 붉은 울음을 토하고 있었다.

바로 그때였다.

"이리 오너라!"

대문 밖에서, 그리 크지는 않으나 결기 있는 목소리가 들려왔다.

곧 하인이 대문을 삐걱 열고 얼굴만 내민 채 물었다.

"뉘시오?"

"이 댁이 수문하시중 대감댁이 맞는가?"

"뉘신데 감히 대감님을 찾는 것이오?"

하인은 폐포파립의 사내를 아래위로 훑어보았다.

"삼봉이 왔다고 전하거라."

"삼봉인지 난봉인지 그런 거 모르니, 이름을 대시오."

하인은 정도전의 차림새를 보고 여차하면 대문을 닫아버릴 기세였다.

그 무렵쯤 이성계는 아무나 들이지 말라는 분부를 하인들에게 단단히 명해놓고 있었다. 그가 수문하시중이 되었다는 소문을 듣고 봉물짐을 가지고 찾아와 관직을 청탁하는 시골 서생들이 많았던 것이다. 하인은 정도전도 그런 시골 서생쯤으로 짐작하고 내치려던 참이었다.

"어서 삼봉 선생을 뫼시지 않고 뭘 꾸물거리느냐?"

마당 어귀를 서성이며 오동나무 사이로 비치는 저녁노을을 바라보던 이성계가 문득 '삼봉'이란 소리를 듣고 하인에게 다그친 말이었다.

이성계의 입에서 '선생'이란 말이 튀어나오자 하인은 순간 당혹스러운 표정을 지었다.

"삼봉 선생님, 어서 드시옵소서."

하인은 소리가 나도록 대문을 활짝 열어젖혔다.

정도전은 크게 기침을 한 후 대문 안으로 들어섰다.

"어서 오시오."

이성계가 마당 어귀에서 정도전을 바라보았다.

"그동안 강녕하셨습니까? 어찌 밖에 나와 계십니까?"

정도전이 허리를 굽혔다.

"내가 이렇게 삼봉 선생을 기다린 지 오래요."

"이번에 대감께서 성균대사성에 천거해 주셔서 이렇게 인사를 여쭈러 달려왔습니다."

"5년 전의 약속을 지켰을 뿐인데 뭘 그러시오? 일단 들어가서 얘기하십시다."

이성계는 곧 정도전을 사랑채로 이끌었다.

잠시 후 안채에선 다과상이 차려져 나오고, 두 사람은 마주 앉아 차를 마셨다.

"대감께서 방금 5년 전에 한 약속이라 하셨는데, 대체 무슨 말씀이온지?"

정도전이 조심스럽게 입을 열었다.

"벌써 잊으셨소? 함주에서 내게 목을 내놓은 일……."

이성계는 문갑에서 정도전의 시가 적힌 종이를 꺼내 건넸다.

"아니, 이건?"

"거기 쓰여 있는 대로 '다음에 언제 서로 볼는지'의 바로 그 '다음'이 오늘이오. 삼봉 선생의 목이 이 시구 속에 들어 있다는 걸 오늘 재차 확인하고 싶어 기다리고 있던 참이었소. 어떻소? 아직도 내게 선생의 목을 맡기고 싶은 것이오?"

이성계의 눈빛이 갓 벼린 칼날처럼 예리하게 빛났다.

"불문가지2 아니겠습니까? 그 대신 대감께서도 뜻을 보여주셔야 하겠습니다."

"……뜻을?"

"대감께서 진주에 가서 읊으셨다는 대풍가의 마지막 구절을 지금도 외고 계시겠지요?"

---

2 불문가지(不問可知): 묻지 않아도 알 수 있음.

"어찌하면 용사를 얻어……."

거기까지 되뇌다가 이성계를 입을 꾹 다물더니, 두 사람 이외에 아무도 듣는 이가 없는데도 주위를 두리번거렸다.

"그다음은 시생이 아는 바이니 생략해도 상관없습니다."

정도전은 왜 이성계가 '천하를 지킬 것인가'란 말을 입안으로 삼켰는지 충분히 짐작하고 있었다.

바로 그 순간, 두 사람의 눈빛이 허공에서 만나 한동안 움직일 줄 몰랐다.

"이제 내 뜻을 아시겠소?"

이성계가 눈빛을 거두어 들창에 붉게 물든 저녁놀을 바라보며 물었다. 그 노을빛이 반사되어 그의 얼굴도 붉게 취해 있는 듯이 보였다.

"알았습니다. 하온데 시생은 용사가 아니라서……."

정도전은 짐짓 이성계의 속마음을 더 알아보고 싶었다. 그만큼 조심스러운 자리였다.

"용사란 문무를 가리지 않고 자기 목숨을 내놓는 용기 있는 사람을 가리키는 말이오. 한나라 유방에게 한신3만 용사

---

3 한신(韓信): 중국 한나라 유방의 군대를 이끈 대장군.

였겠소? 장자방4도 있지 않았소이까?"

이성계가 유방을 예로 들은 것은, 정도전이 '대풍가'로 뜻을 물었기 때문이었다.

"대감께서 성균대사성에 천거해주신 데 대한 보답으로 시생도 선물을 하나 가지고 왔습니다."

"내가 삼봉 선생께 변변한 선물을 드린 것도 아닌데, 그 보답을 가지고 오셨다고?"

이성계가 이렇게 되물을 때, 정도전은 허리춤에 숨겨두었던 단도를 꺼냈다.

이때 이성계는 눈 하나 깜짝하지 않고 상대를 지켜보았다. 정도전이 그 단도를 가지고 어찌하나 볼 심산이었다.

정도전은 곧 자신의 왼쪽 검지를 찔렀다. 피가 방울방울 솟아나자 그것을 이성계와 자신의 찻잔에 차례로 떨어뜨렸다.

"이것이 시생의 선물입니다."

그러자 이성계는 왓핫핫핫, 하며 큰 소리로 웃었다.

"과연 용사이시구려!"

---

4 장자방(張子房): 한나라 유방이 중국을 통일하는 데 책사로 활략한 장량(張良)을 가리킨다.

이성계는 정도전으로부터 단도를 건네받아 자신도 똑같이 왼손 검지를 찔러 서로의 찻잔에 핏방울을 똑똑 떨어뜨렸다.

"이렇게 나누어 마시면 내가 삼봉 선생의 선물을 제대로 받는 것이 되겠구먼!"

이성계는 핏물이 녹은 찻잔을 들어 올렸다. 정도전도 역시 자신의 찻잔을 들어 올려 건배하듯 잔을 부딪친 후 단숨에 들이켰다.

"이제부턴 삼봉 선생이 아닌, 아우라고 부르십시오."

"삼봉 아우도 이제부턴 사사로운 자리에서 나를 형님으로 부르시게."

이성계는 정도전보다 나이가 다섯 살 위였고, 그들은 그렇게 의형제를 맺었다.

사실상 이성계는 자신을 도와줄 우군이 필요했다. '문무(文武)'가 갖추어져야만 천하를 얻는데, 그에게는 '무(武)'가 있을 뿐 '문(文)'은 부족하였다. 그는 바로 자신에게 부족한 '문'을 정도전을 통해 얻고 싶었던 것이다. 한나라 유방에게 '장자방'의 지혜가 필요했듯이, 그는 정도전으로부터 바로 그와 같은 것을 얻고 싶었던 것이다.

당시 고려는 신구 세력의 대립으로 인해 심각한 위기에

처해 있었다. 구세력을 대표하는 문하시중 최영과 신세력을 대표하는 수문하시중 이성계가 정승 반열에 올라 쌍벽을 이루는 긴장 관계를 유지하고 있었다. 그 긴장의 끈이 더욱 팽팽해지도록 한 직접적인 원인은 원나라와 명나라의 대립에서 비롯되었다.

최영을 위시한 구세력은 친원파로, 이성계를 위시한 신세력은 친명파로 대별되고 있었다. 두 사람 모두 군부의 최고 수장이라 할 수 있는데, 그들을 지지하는 문관들도 두 세력으로 나뉘어져 있었다. 오래도록 원나라 지배를 받아온 권문세족들은 친원파로, 초야에 묻혀 오직 학문을 익히다 과거급제로 관직에 오른 유학자들인 신진사대부들은 친명파로 불리고 있었다.

때는 1388년(우왕 14년) 봄, 명나라는 고려에 사신을 보내 철령 이북·이동·이서의 땅은 원래 원나라에 속해 있던 땅이므로 마땅히 내놓아야 한다고 요구하였다. 원나라 세력을 북방으로 밀어내고 요동을 차지한 명나라에 그 땅을 귀속시켜야 한다는 것이었다.

친원파였던 최영은 명나라의 요구에 반대하여 다음과 같은 서찰을 사신에게 들려 보냈다.

철령은 물론 그 이북 공험령까지도 원래 아국의 영토 안에 있는 것이다.

여기에서 그치지 않고 최영은 문무를 겸한 최고 권력인 문하시중으로서 마땅히 고려가 명나라를 치는 요동 정벌에 나서야 한다고 주장했다. 원나라 지배 시절 출세 가도를 달려온 권문세족들인 친원파 대신들도 최영의 주장에 동조를 하고 나섰다. 그러나 이성계를 비롯한 신진사대부들은 명나라의 막강한 힘을 상대하기 버거우니 강화를 청하는 것이 마땅하다고 맞섰다.

이렇게 친원파와 친명파가 한창 대립각을 세우고 있을 때였으므로, 이성계는 골머리를 앓고 있었다. 도무지 판단이 서지 않았다. 겉모습은 친원파와 친명파의 대립 같지만, 가만히 그 속내를 들여다보면 최영과 이성계의 세력 다툼이 팽팽한 줄다리기를 하고 있었던 것이다. 최영은 요동 정벌을 이유로 이성계를 전쟁터로 내몬 뒤, 고려 조정을 좌지우지하겠다는 심산이 다분했다. 더구나 우왕은 최영의 딸을 후비로 맞이하여, 두 사람의 관계는 더욱 돈독해져 있었다. 따라서 최영은 어떻게 해서든 요동 정벌을 단행하기 위해 우왕을 설득하고 있는 중이었다.

이미 우왕 14년 3월에 요동 정벌을 위한 징병령을 내려 팔도에서 장정들을 모집하고 있었다. 백성들은 오랫동안 왜구의 침략으로 재산을 약탈당하고 인명 피해로 인해 궁핍과 불안에 시달려왔다. 그런데 설상가상[5]으로, 농사철에 임박하여 젊은 장정들을 강제로 징집하자 백성들의 원성이 드높을 수밖에 없었다.

"요동 정벌 문제로 제신들이 설왕설래[6]하고 있다 들었습니다만⋯⋯."

정도전이 먼저 입을 열었다. 그는 엊그제까지도 남양부사로 있으면서 징집 문제로 백성들의 원성이 높음을 피부로 절감하고 있었다. 그러므로 굳이 말하지 않더라도 이성계의 얼굴에 덮인 어두운 그늘을 보고, 곧 그것이 요동 정벌에 대한 근심이라는 걸 읽을 수 있었던 것이다.

"여봐라! 다과만 가지고는 안 되겠다. 술상을 보아오도록 해라."

이성계가 다과상을 물리며 수발드는 여종에게 말했다.

---

5 설상가상(雪上加霜): 눈 위에 다시 서리가 내려 쌓인다는 뜻으로, 좋지 않은 일이 연거푸 일어날 때 쓰는 말.

6 설왕설래(說往說來): 말이 가고 말이 온다는 뜻으로, 한 주제에 대해 의견이 합치되지 않고 옥신각신하는 모습을 이르는 말.

곧 산해진미 그득한 술상이 사랑방으로 들어왔다. 술을 서너 잔씩 나누어 마신 뒤, 이성계가 솔직하게 자신의 고민을 털어놓았다. 친원파와 친명파의 대립에서부터, 그 이면에 가려져 있는 최영과 자신의 권력 다툼까지 내면의 이야기를 속 시원하게 들려주었다.

그러고 나서 이성계는 정도전에게 명쾌한 해결 방안이 무엇인지 물었다.

"벌써 해가 지고 있군요."

문득 정도전이 등 뒤의 들창을 바라보며 엉뚱한 소리를 했다.

"여봐라, 불을 밝혀라!"

이성계는 방 안이 어두워지고 있다는 것을 뒤늦게 깨닫고 하인에게 일렀다.

"원나라는 지는 해입니다. 이렇게 해가 지자 방 안이 어두워지는 것처럼, 친원파의 말을 들으면 고려는 곧 어둠에 잠기고 맙니다. 그러나 명나라는 솟는 태양입니다."

아직 어두운 방 안에서 정도전은, 마치 올빼미가 어둠 저쪽을 직시하듯 이성계의 눈을 뚫어져라 쳐다보며 말했다.

"아우의 직관이 그렇다는 얘긴가?"

이성계가 신음하듯 뱉어낸 말이었다.

"물론입니다. 몇 년 전 포은 선생과 명나라에 사신으로 다녀온 적이 있었는데, 그때 보니 그들의 기운이 마치 어둠을 가르며 솟아나는 태양 같았습니다. 지금 요동 정벌에 나서 명나라와 대결한다는 것은 우리 고려를 어둠 속에 매몰시키는 일이나 진배없습니다."

정도전이 말하는 '포은'은 정몽주의 호였다.

곧 촛불로 인해 방안을 환히 밝혀졌을 때, 이성계는 정도전의 눈빛에서 활활 타오르는 불덩어리를 본 듯했다. 그 이글거리는 불덩어리는 그의 내면에 감추어졌던 열망의 분출과도 같은 것이었다.

"여보게, 삼봉 아우! 우리 본격적으로 어둠 속에 매몰되려는 고려를 살릴 방안을 찾아보세나."

이성계는 덥석 정도전의 손을 잡아 왔다.

5. 출병

  정도전과 요동 정벌에 대해 심도 있는 의견을 나눈 이성계는 다음날 조정에 나가 문무대신이 모인 백관회의1에서 다음과 같은 의견을 내놓았다.

  "지금 우리가 요동 정벌에 나서는 데 있어서 불가한 것이 네 가지입니다. 첫째, 작은 나라인 우리 고려가 큰 나라인 명나라를 상대로 싸우는 것은 군사 규모와 군량미에서 미치지 못하므로 상책이 아닙니다. 둘째, 여름철 농번기가 다가오는데 징병을 하는 것은 결과적으로 노동력을 빼앗는 것이 되므로 백성들의 원성만 높아집니다. 셋째, 요동을 공격하기 위해 군사를 북쪽으로 보낼 때 만약 남쪽에서 왜구들이 침략한다면 막을 수가 없으니 불가합니다. 넷째, 곧 장마철로 접어들게 되면 무더위에 활의 아교가 녹아 무기로 쓸 수 없고 군사들이 전염병에 걸릴 위험이 높으므로 시

---

1 백관회의(百官會議): 문관과 무관 등 전체 대신들이 모여 나라의 중대한 일을 논하는 회의.

기상 출병하지 않는 것이 옳습니다."

이와 같은 이성계의 '4불가론'은 그의 전쟁 경험에서 나온 군사 전략적 병법이론에 근거하고 있었다. 물론 거기에는 신진사대부 정도전의 학문적 사상체계도 바탕에 깔린 논조였으므로 매우 설득력 있게 들렸다.

친원파로 요동 정벌을 주장하는 문하시중 최영도 만만찮은 전략 전술의 대가였다. 그러므로 당장 이성계의 말을 반박하고 나섰다.

"명나라가 대국이긴 하나 원나라가 버티고 있어 북쪽 경계에 신경을 쓰다 보니 요동 방비가 허술합니다. 그 틈을 노린다면 우리 고려군에게 승산이 있습니다. 또한 요동은 땅이 기름져 여름철에 공격하면 가을에 군량미 확보가 수월해 우리에게 이득이 됩니다. 명나라 군사들은 비가 많이 오는 여름철에 싸움을 싫어하니 오히려 우리에게 유리하다고 할 수 있습니다."

이러한 최영의 '3정벌론'도 그냥 반대를 위한 반대의 이론이라고만 볼 수 없을 정도로 매우 일리가 있었다.

그러나 요동 정벌 문제를 두고 이성계와 최영이 벌이는 상반되는 군사전략 이론 뒤에는, 당시 고려의 신구 세력 대립이 앙금처럼 엉켜져 겹으로 쌓여가고 있었다. 흙탕물이 앙

금처럼 가라앉아 진흙이 되면 그 위의 물은 깨끗해 보이지만, 다시 휘저어 놓으면 곧 진흙탕으로 변해버릴 수밖에 없었다. 바로 이성계를 위시한 친명파의 신진사대부와 최영이 이끄는 친원파 권문세족들의 대립이 정계의 표면으로 떠오르면 나라를 진흙탕으로 만들 위험을 안고 있는 것이었다.

최영은 그러한 이유 때문에 대내적으로 진흙탕 싸움이 벌어지기 전에 요동 정벌이란 대외적인 전략을 통해 위기를 극복하고자 했다. 일단 이성계 세력만 전쟁터로 내보내고 나면 국내 정세는 평온해질 수 있고, 그 기간을 통해 친명파 신진사대부들을 척결하고 친원파 권문세족들이 계속 권력승계를 할 수 있도록 하겠다는 방안이었다.

당시 신권이 강한 고려 정계에서 우왕은 사실상 허수아비와도 같았지만, 그래도 왕명은 무시할 수 없을 정도로 지엄했다. 만약 왕명을 거역한다면, 그것은 반역이 되고 말 것이기 때문이었다.

마침내 최영은 더 이상 요동 정벌을 미룰 수 없다고 판단하고, 그날 밤 비밀리에 우왕을 알현[2]하였다.

---

2 알현(謁見): 지체가 높고 귀한 사람을 찾아가 뵘.

"오늘 낮에 백관회의에서도 거론한 바 있지만, 최근 북방에서 전해온 첩보에 의하면 요동의 명나라 군사들은 모두 북쪽의 원나라 군사들을 대적하기 위해 이동하고 있다 하옵니다. 그러므로 요동을 지키는 명나라 군사는 적습니다. 요동 정벌을 하는 절호의 기회를 놓칠 수 없습니다. 둘째는 요동의 중심부인 요양 지역은 고려인과 더불어 여진인이 많이 사는데, 여진 땅에서 자라난 이성계 장군에 대한 명성이 아주 높습니다. 반드시 그들이 우군으로 고려군을 도울 것이므로, 이성계 장군을 도통사로 삼아 출병하면 충분히 승산이 있습니다."

최영의 이와 같은 말을 우왕이 반대할 리 없었다. 이인임 세력을 축출하고 나서 오직 믿는 것은 첫째가 최영이고, 그리고 두 번째가 이성계였다. 그러므로 사사롭게는 장인이기까지 한 최영의 말이라면 우왕은 곧이곧대로 따르는 편이었다.

다음날 우왕은 백관회의에서 요동 정벌 단행을 발표하였다. 최영을 팔도도통사로 하여 전체 지휘를 맡도록 하고, 그 휘하에 좌군통도사 조민수와 우군도통사 이성계를 양 날개로 하여 진군토록 하였던 것이다.

고려군이 요동으로 출병하기 전날 밤, 정도전은 다시 폐포파립의 복장으로 이성계의 저택 대문 앞에 나타났다. 정도전은 이성계를 만날 때면 그렇게 일개 서생의 복장을 하였는데, 그것도 주변을 살피며 비밀리에 회동하는 주도면밀함을 잊지 않았다.

사랑방에 두 사람이 마주 앉았을 때, 정도전은 이성계에게 가죽 주머니 하나를 건넸다.

"출병을 축하하는 선물입니다."

"무엇이 출병을 축하한다고?"

이성계는 정도전의 말이 자신을 빈정거리는 것 같아 대답이 거칠어질 수밖에 없었다. 결국 최종적으로 최영에게 져서 원하지도 않는 요동 정벌에 나서게 되었다는 데 대한 핀잔[3]이라고 생각했던 것이다.

"두고 보시면 압니다. 이번 요동 출병이 형님에게 악재인지 호재인지."

"악재인지, 호재인지? 그렇다면 이 가죽 주머니 안에 그 해답이 들어 있다는 얘긴가?"

---

3 핀잔: 맞대어 놓고 언짢게 꾸짖거나 비꼬는 일.

“그렇습니다.”

정도전은 담담하게 말하며 얼핏 이성계의 얼굴을 일별했다.

“전에 왔을 때는 엉뚱하게도 단도를 꺼내며 선물이라 하더니, 이번에는 가죽 주머니라? 아우도 엉뚱한 데가 있군!”

이성계는 가죽 주머니를 든 채 정도전의 기색을 살폈다.

“일단 열어보시면 선물의 내용을 말씀드리겠습니다.”

“선물의 내용이라?”

이성계는 고개를 갸웃거리며 끈으로 묶은 가죽 주머니를 끌렀다.

가죽 주머니에서 나온 것은 책자였다. 표지에 ‘대학’이라는 글자가 보였다.

“보시다시피 『대학』이란 책입니다.”

정도전이 의미심장한 눈으로 이성계를 쳐다보았다.

“전쟁터로 나가는 무장에게 싸움은 안 하고 이런 공부나 하란 얘긴가? 아우가 나를 너무 가벼운 사람으로 아는군!”

이성계가 무서운 눈으로 정도전을 직시했다.

“무거운 사람으로 알기에 그 책을 드리는 것인데, 가볍다니요? 당치도 않은 말씀입니다.”

정도전이 정색을 하고 어깨를 펴며 말했다. 그가 당당하게 정자세를 유지하는 것은 애써 진심을 보여주기 위해서 였다.

"흐음, 그래 아우는 이 책을 통해 내게 선물하고자 하는 것이 무엇인가?"

이성계도 이제는 진지한 태도로 물었다.

"그것은 형님께서 그 책을 통해 답을 얻으셔야 합니다. 이 아우가 말해서는 정답이 되지 않습니다."

"정답이라? 나의 선택에 달려 있단 얘기로군!"

이성계는 일단 책을 다시 가죽 주머니에 넣었다.

"곧 우기가 닥칠 것이니 젖지 않게 잘 보관하십시오. 그래서 가죽 주머니에 넣어서 온 것입니다."

정도전이 다시 이성계로부터 가죽 주머니를 받아 꼼꼼하게 줄로 동여매면서 말했다.

"가보처럼 간직하란 말인가?"

이성계가 정성 들여 가죽 주머니를 매는 정도전을 바라보다가 뜬금없이 웃으며 물었다.

"그렇습니다."

정도전은 웃지도 않고 진중하게 말했다.

우왕과 최영은 요동 정벌군 출정을 서두르는 기색이 역력하였다. 일단 팔군도통사 최영을 필두로 하여 좌우의 도통사 조민수와 이성계가 이끄는 고려 요동 정벌군이 서둘러 개경에서 출발하였다. 우왕도 정벌군을 따라 평양까지 갔다. 평양에 며칠 머물면서 모자라는 군사들을 더 징집하기로 한 것이었다.

마침내 1388년(우왕 14년) 4월 18일, 고려의 요동 정벌군은 평양에서 출발하게 되었다. 좌우 양군은 각기 3만 8천여 명으로, 약 8만에 가까운 병력이었다. 거기에 군량미를 나르는 후군으로 보급부대가 1만여 명까지 합하면 총 10만 가까운 병력이라 할 수 있었다. 이들 고려군이 타고 간 말만 해도 2만 두가 넘으니, 기마부대도 막강한 편이었다.

팔군도통사 최영도 좌우 양군을 지휘하여 요동으로 진군하려고 하는데, 이때 우왕이 선뜻 나서며 말했다.

"경까지 출동하면 누구와 정사를 나누란 말이오? 더구나 장군은 노령이라 전장으로 나가는 것이 심히 우려되는 바이오."

그러자 최영도 남쪽의 왜구를 경계해야 한다는 명목으로 요동 정벌에서 일단 빠졌다. 소가 웃을 일이었다. 삼척동자가 보아도 왜구 경계는 이유에 불과하다는 걸 알 수 있었다.

이때 이성계는 아무래도 우왕과 최영이 미리 짜놓은 계획대로 꼼수를 부리는 것이라고 내심 생각했다. 애초 개경에 있을 때부터 팔군도통사 최영은 빠지고 좌우 도통사를 맡은 조민수와 이성계 두 장수에게만 군사를 주어 요동 정벌에 나서게 할 계획을 세우고 있었던 같았다.

그러나 이미 최영을 팔군도통사로 삼았으므로, 우왕도 개경에서는 요동 정벌군에서 그를 빼낼 명분을 찾기 어려웠다. 만약 그렇게 되면 반대하는 이성계 때문에 아예 군사를 출동시키기도 어려웠을 것이다. 그래서 일단 평양까지 가서 두고 보자고 우왕과 최영은 머리를 맞대고 고심했을 터였고, 마침내는 왜구가 침략할지 모른다는 핑계로 좌우 도통사 조민수와 이성계만 요동으로 출동시키는 전략을 짰다고 볼 수 있었다.

이성계로선 황당한 일이었지만, 이미 편성한 요동 정벌군을 직접 이끄는 수장이었으므로 중도에 포기할 수가 없었다. 더구나 좌군 도통수 조민수가 왕명을 따라 출정을 고집하였기 때문에, 우군 도통수 이성계도 반대할 입장이 못되었다.

6. 위화도 회군

　위화도는 백두산에서 흘러내린 물줄기가 큰 강물을 이루
면서 운반한 토사의 퇴적으로 인해 압록강 하류에 이루어
진 섬이었다. 일명 '대마도'[1]라고도 하였으며, 고려에서는
북방의 적을 견제하는 전략적 요충지였다.

　이성계는 일단 위화도에 군사를 주둔시킨 후 매일 진법
훈련만 시킬 뿐 도강하여 요동 쪽으로 진군할 생각을 하지
않았다. 때마침 위화도에 도착한 날부터 비가 내리기 시작
하였고, 강물이 불어나면서 도강하는 데 위험도 뒤따른다
는 것이 겉으로 내세운 이유였다. 그러나 내심으로는 더 이
상 진군하고 싶지 않았다.

　당시 압록강을 건넌다는 것은 엄연히 국경을 넘는 일이
므로 명나라에 대한 선전포고나 다름없었다. 그때 명나라
가 군대를 진군시킨다면 결국 양국 간의 전쟁이 터지고 마

---

[1] 대마도(大麻島): 한반도 남쪽에 위치한 대마도(對馬島, 쓰시마)와는 다른 압록강
　하류에 있는 '위화도'를 고려시대에는 '대마도'라고 부르기도 했다. 한자가 다르다.

는 것이었다. 이성계가 판단하기에 그것은 지는 싸움이었다. 병법에도 나오지만 반드시 이길 수 있다고 확실한 판단이 설 때 군대를 움직이는 법이었다. 그것이 아군의 피해를 최대한 줄이면서 전쟁에서 승리하는 최상의 길이었다.

연일 장맛비가 줄기차게 내리자 우군도통사 이성계는 좌군도통사 조민수와 머리를 맞대고 심각한 논의를 거듭했다.

"군사들의 갑옷이 젖어 무거운 몸으로 어찌 전투할 수 있겠소?"

이성계가 조민수에게 동조를 청했다.

"애초 출정 시기를 잘못 잡은 것 같습니다."

조민수도 지엄한 왕명을 어기지 못하여 출전하기는 했지만, 요동 정벌을 적극 찬성하는 쪽은 아니었다.

"이 무더위에 활 끈은 느슨해지고, 화살촉과 댓가지에 먹인 아교까지 녹아나 무용지물이 될 판입니다."

이성계는 주민수와 의견을 일치시켜 일단 위화도에서 진군을 멈춘 채 도성에 파발을 띄워 회군령을 내려달라고 요청하기로 했다. 정식으로 왕명이 떨어지지 않으면 마음대로 회군할 수 없었기 때문이다.

군막 사이로 비가 내리는 것을 바라보며 도성에 보낸 파발군사가 돌아오기를 기다리던 이성계는, 문득 전날 정도전이 준 『대학』이란 책을 떠올렸다. 그동안 진군하느라 생각지 못하고 있다가 지루한 나머지 뒤늦게 기억이 났던 것이다.

이성계는 정말 가보처럼 개인 짐 속에 보관해두었던 가죽 주머니를 찾아 책을 펴보았다. 과연 정도전은 그 책에서 어떤 해답을 찾으라는 것인지, 그것이 매우 궁금하였다. 심정적으로 짐작은 갔으나 확실한 정답은 그 자신이 만들어야 한다는 것이 정도전의 주문이었다.

『대학』은 전체 구성이 3강령과 8조목으로 되어 있는 책이었다. 3강령은 명명덕·신민·지어지선을, 8조목은 격물·치지·성의·정심·수신·제가·치국·평천하를 가리키는 것이었다. 이때 이성계의 눈을 끄는 글자가 있었다. 8조목 중 '수신제가치국평천하'2라는 말은 눈과 귀에 너무나도 익은 유명한 문구였다.

"수신제가치국평천하라! 몸을 닦고 집을 안정시킨 후, 나라를 다스리며 천하를 평정한다?"

이성계는 자신도 모르게 그 뜻의 풀이를 입 밖으로 소리

---

2 수신제가치국평천하(修身齊家治國平天下): 몸과 마음을 닦아 수양하고 집안을 가지런하게 하며 나라를 다스리고 천하를 평한다.

내어 말하다가 흠칫 몸을 도사렸다. 주위를 두리번거렸으나 군막에는 자신 이외에 아무도 없었다. 군막 입구의 벌어진 틈으로 줄기차게 퍼붓는 빗소리만 들릴 뿐이었다.

"그것이었나? 삼봉의 선물이?"

이성계는 갑자기 온몸에 추위가 스며들 듯 부르르 진저리를 쳤다. 그는 정도전에게 자신의 내면을 고스란히 들키고 만 것 같았다.

그 순간, 문득 이성계는 '황산대첩' 후 전주에 가서 종친들이 승전 축하연 베풀어줄 때 기분에 취해 부른 '대풍가'를 떠올렸다. 함주 동북면도지휘사로 있을 무렵 그는 처음 만난 정도전에게서 '대풍가' 운운하는 소리를 듣고 버럭 화를 내기까지 했었다. 이미 그때부터 정도전은 거울 들여다보는 그의 내면을 속속들이 읽어내고 있었던 것이다. 아니, 그 이후 두 사람은 겉으로는 다른 이야기를 하면서 속으로는 소리 없는 내면의 대화를 진지하게 나누고 있었다고 보아야 했다.

며칠 후 파발군사가 돌아왔는데, 도성에서 보낸 최영의 회신 내용은 '회군'이 아니라 압록강을 건너 계속 진군하라는 것이었다. 더구나 우왕은 환관 김완을 과섭찰리사로 임명해 위화도로 보내 장수들에게 금과 비단 등 재물을 나누어주고 요동으로 군사를 출진토록 독려였다.

명색은 격려 차원이었지만, 김완는 사실상 감찰사 성격을 띠고 왔다. 위화도에서 좌우군의 군사를 주둔시킨 후 움직이지 않자, 우왕과 최영은 조민수와 이성계 두 도통사를 감시하기 위해 보낸 것이었다.

"아무래도 김완을 믿을 수 없으니 억류해 두도록 합시다."

이성계가 조민수에게 말했다.

"억류해두다니요?"

조민수도 어렴풋이 김완의 역할을 짐작하지 못하는 것은 아니었다. 그러나 우왕이 보낸 감찰사를 억류한다는 것은 결과적으로 왕명을 거역하는 행위라고 할 수 있었다.

"김완의 눈과 귀를 봉쇄해야겠습니다. 우리 우군에서 가두어놓고 철저히 감시할 것입니다. 그런 연후에 다시 파발 군사를 도성으로 보내 회군하겠다는 장계를 올리도록 합시다.

이성계는 벌레 씹은 얼굴로 김완을 바라보았다. 그러자 환관 김완은 가뜩이나 비를 맞고 달려온 데다 겁도 나서 와들와들 떨었다.

"장군! 대체 어찌하실 생각이십니까?"

좌군통도사 조민수가 이성계의 어두운 표정을 보고 물었다.

"도강을 하라는 것은 우리 보고 사지로 들어가라는 것과 다를 바 없질 않소?"

"하지만, 군령을 어길 수는 없는 일 아니겠습니까?"

조민수는 팔도도통사인 최영의 명을 거역하기가 어렵다고 판단했다. 전쟁터에서 군령을 어길 경우 당장 참수를 해도 뭐라도 항변할 수 없을 만큼 준엄하다는 사실을 그는 잘 알고 있었던 것이다.

"전장에 나가는 장수에게는 전권이 주어지는 것이오. 아무리 팔도도통사가 실제 군권을 쥐고 있다고 하나, 최영 장군은 도성에 앉아 있는 사람이오. 현장 사정도 모르면서 이래라 저래라 하는데, 자칫 그 군령에 따를 경우 아군만 크게 다칠 우려가 있소. 따라서 지금 우리 고려군은 장군과 나의 판단에 의해 진군하느냐 회군하느냐를 결정해야 한다는 것이오."

이성계는 최영의 군령을 아예 무시해버리기로 했다.

"최영 장군의 군령은 곧 왕명과 다름없는데, 장군께선 회군을 고집하시겠단 말씀입니까?"

"다시 파발을 띄우고 좀 더 기다려 봅시다."

이성계는 자원하여 도성으로 띄울 서찰을 작성하겠다고 나섰다. 그의 말이 더 이상 말릴 수 없을 정도로 완강했으므로, 조민수도 무르춤하게 한발 물러서고 말았다.

만약 비가 그쳤다면 좌군도통사 조민수는 최영의 군령에 따라 자신의 군사만으로도 도강을 감행하고 싶은 심정이었다. 그러나 우군도통사 이성계의 말에도 일리가 있었으므로, 일단은 장마가 그칠 때까지 진군을 미루기로 했던 것이다.

다시 파발군사를 도성으로 보내고 나서도 먹장구름이 덮인 위화도 하늘에선 줄기차게 빗줄기가 쏟아졌다. 마치 동이로 퍼붓는 것 같았다. 강물이 점점 불어나 위화도의 낮은 지대는 잠겨들기 시작했다. 장마에 대비하여 진채를 언덕바지에 마련했지만, 유속이 빨라지면 오도가지 못 하고 섬에 갇히는 신세가 될 수도 있었다.

좌군도통사 조민수는 비밀리에 우군의 동태를 살폈다. 혹시 이성계가 위화도에서 회군하여 동북면으로 갈 수도 있다고 생각했기 때문이다. 요동 정벌의 총사령관격인 팔군도통사 최영이 도성에 남았으므로, 엄밀하게 말하면 좌군을 이끄는 조민수가 명령 계통에선 우군도통사 이성계보다 한 급 앞선다고 할 수 있었다.

그러나 조민수가 이끄는 좌군은 양광도·전라도·경상도 등 남쪽 지방에서 모집한 군사들이고, 이성계의 우군은 안

주도·동북면·강원도 등 북쪽 지방의 병력으로 구성되어 있었다. 이성계는 1370년(공민왕 19년) 제1차 요동 정벌 당시 기병 5천과 보병 1만의 군사를 이끌고 요도성을 공략한 바 있었다. 이때 군량미를 7일 치만 가져갔으므로 현지조달을 하려고 했으나, 요도성의 창고가 모두 불에 타는 바람에 군량미를 확보할 길이 없어 후퇴하고 말았다. 당시 이성계가 이끌었던 병력이 동북면을 위시한 북쪽 지방의 군사들이었다. 이처럼 이성계는 요동성 공략에 성공한 경험이 있었으므로, 어쩌면 위화도의 군사 지휘에 있어서 그가 주도권을 잡게 된 것은 당연한 노릇이기도 했다.

사실상 5년 전인 1383년(우왕 8년)에 조민수는 문하시중을 지낸 바 있어, 관록으로 볼 때도 이성계보다 한 급수 위였다. 그러나 전쟁에 임해서는 백전백승을 자랑하는 화려한 전투 경력을 가진 이성계에게 뒤로 밀릴 수밖에 없었다. 조민수는 혹시 이성계가 위화도에서 군사를 돌려 개경이 아닌 동북면으로 철수하려고 하는지도 모른다는 걱정을 하고 있었다. 그렇게 되면 고려는 남북이 두 쪽으로 갈라지게 되므로 내란이 일어날 수밖에 없었다. 졸지에 요동 정벌에 나섰던 조민수의 좌군과 이성계의 우군이 적대적의 관계로 돌변하는 최악의 사태가 오지 않을까, 심히 우려가 되는 것이었다.

그런데 우군의 동태를 살피러 갔던 좌군의 군사가 조민수에게 와서 다음과 같은 보고를 했다.

"우군 중에서 동북면 병사들은 다시 돌아가고 싶어 하는 자들이 많습니다. 그들은 특히 군량미가 바닥나 배가 고프다고 투덜대며 고향을 그리워하고 있습니다."

그 말을 듣고 조민수는 어쩌면 이성계도 동북면 병사들과 같은 생각을 갖고 있는지도 모른다는 의문이 부쩍 들었다. 마음이 조급해진 그는 더 이상 생각할 겨를도 없이 곧바로 우군 진영을 찾아갔다.

이성계의 군막으로 들어서자마자 조민수는 따졌다.

"장군! 자꾸만 회군을 고집하시는데, 혹시 동북면으로 가시려는 건 아니시오?"

조민수로서도 그동안 참을 만큼 참았으므로 단도직입적으로 속에 감추어두었던 말이 튀어나왔다.

"대체 어디서 무슨 소릴 들으시고 하는 말씀이오? 이제 군량미까지 떨어져 군사들이 동요하는 것은 사실이지 않소? 나는 그런 동요를 막기 위해 전령을 동북면으로 보내 그곳에 비축해둔 군량미라도 실어오고 싶은 마음이오. 오래전 제1차 요동 정벌 때 요동성을 공략하고도 군량미가 부족해 철군했던 기억이 자꾸 떠오르는 요즈음이오. 지금도 최영 장군은 군량미를 적게 주고 나서 부족한 것은 요동에 가서 현지조달을 하라고 하는데, 지금 장맛비가 줄기차게 내려 위화도에 머문 지가 오래되다 보니 가져온 군량미마저 떨어질 지경에 이르지 않았소?"

이성계의 이 같은 말에도 조민수는 좀처럼 믿기지 않는 듯한 표정을 지었다.

"실로 그러하시오? 만약 장군이 동북면으로 우군을 퇴거시킨다면 우리 좌군은 정말 난감한 지경에 처하게 될 것이오."

"염려 놓으시라는데 왜 자꾸 그러시오? 이미 두 번째로 파발군사를 보냈으니, 도성에서 어떤 답변이 오는지 기다려 봅시다."

이성계는 일단 조민수를 안심시켜 좌군 진영으로 돌려보냈다.

조민수가 돌아간 후 이성계는 빠르게 머리를 돌렸다.

'그래 동북면이 있었지. 퉁두란에게 병사들과 군량미를 부탁해야만 하겠구나.'

이성계는 오직 위화도 병력의 회군만 생각했지 동북면 군사들이 있다는 걸 잠시 잊고 있었다. 그러한 것을 고맙게도 조민수가 일깨워주었다. '퉁두란'은 여진족 출신으로 오래전부터 이성계와 의형제를 맺은 사이로, 왜구들을 소탕하는 전투에도 참여한 적이 있으며 동북면을 굳건하게 지키는 장수로 활약하고 있었다.

그로부터 며칠 후 퍼붓는 빗속을 뚫고 말을 달려오는 일개 기마부대가 있었다. 십여 기의 기마부대는 배를 타고 압록강을 건너 위화도에 도착했다. 파발군사와 함께 최영이 보낸 특사인 줄 알았는데, 기마대를 이끌고 온 것은 뜻밖에도 이성계의 다섯째 아들 이방원이었다.

"어찌하여 네가 이곳까지 왔느냐? 내가 출병 전에 가족들을 안전하게 돌보라 했거늘."

막사에서 아들을 만난 이성계가 언성을 높였다. 명나라를 치기 위해 도성을 떠날 때 이방원이 따라나서는 걸 물리쳤는데, 그 명을 어기고 뒤늦게 전장으로 가기 위해 달려온 것같아 은근히 목울대까지 부아가 치밀고 올라온 것이었다.

"가족들은 안전하오니 염려 놓으시옵소서. 그보다 중요한 서찰을 가지고 왔습니다."

이방원은 군막 안에 이성계 이외에 아무도 없음을 확인하고, 품 안에 간직했던 종이봉투를 부친에게 전했다.

봉투에는 '삼봉'이라는 글자가 적혀 있었다. 그런데 봉투를 열고 서찰의 내용을 보니, 뜻밖에도 백지였다.

"흐음……!"

이성계는 신음을 깨물었다.

서찰의 내용을 모르고 있던 이방원도 슬쩍 어깨너머로 본 후 정도전이 부탁한 말을 작은 소리로 전했다.

"삼촌께서 아버님의 답신을 꼭 받아오라 하셨사옵니다."

이방원이 작지만 결기 있는 목소리로 말했다.

이성계는 비밀리에 정도전에게 전할 말이 있을 때 이방원에게 심부름을 시켰다. 그래서 그들 부자 사이에선 '삼촌'이라 하면 으레 '정도전'을 지칭하는 것으로 통하게 되었다.

"뭐라?"

이성계는 문득 정도전이 선문선답3을 하려는 것 같아 처음에는 고개를 갸웃거렸으나, 이내 뭔가 그 백지의 뜻을 알게 된 듯 고개를 크게 끄덕거렸다.

"삼촌께선 '학수고대'4라는 표현까지 써가면서 아버님의 답서를 기다리고 계십니다."

이방원의 말에 이성계는 더 이상 묻지 않고 지필묵을 꺼

---

3 선문선답(禪問禪答): 불교에서 참선하는 사람들끼리 진리를 찾기 위하여 주고받는 대화.
4 학수고대(鶴首苦待): 학의 목처럼 목을 길게 빼고 간절히 기다림.

내 정도전이 보낸 백지에다『대학』에 나오는 '수신제가치국평천하'라는 글씨를 써서 다시 봉투에 밀봉해 넣었다.

"이것을 누구에게 보이거나 빼앗겨서는 절대 안 된다. 반드시 삼촌에게 전하거라. 그리고 너는 도성으로 돌아가는 즉시, 가족들을 모두 데리고 어디론가 안전한 곳으로 가거라. 방원이 네게 가족들의 생명이 달려 있다. 알겠느냐?"

"네, 알겠습니다. 그럼……!"

이방원은 부친의 말을 듣고 나서야 그 뜻을 제대로 알아들었다.

이성계의 둘째 부인 강씨에게서 난 아들 방번과 방석은 아직 어렸고, 첫째 부인 한씨에게서 난 방우·방과·방의·방간·방원·방연 여섯 명의 아들 중 다섯째인 방원이 가장 머리가 잘 돌아가고 무술에도 능했다. 그래서 다른 자식들보다 특히 방원에게 중요한 일을 시키곤 하였다.

"잠깐!"

이방원이 수하들을 데리고 돌아가려고 하자, 이성계가 발길을 잡았다.

"네, 아버님!"

"잠시 기다려라. 수하들 중 믿을만한 자를 하나 시켜 동북면으로 보내도록 해야겠다."

이성계는 다시 붓을 들어 간단하게 서찰을 작성하여 이방원에게 건넸다.

"퉁두란 삼촌께 전하라고 하면 되겠습니까?"

"그렇다. 비밀이니 누구에게 잡히면 입으로 씹어 삼키라고 이르도록!"

"네, 명심토록 하겠습니다."

곧 이방원은 위화도를 벗어나 압록강을 건넜다. 강을 건넌 후 졸개 한 명은 동북면으로 가라고 하고, 그는 나머지 수하들과 함께 개경을 향해 말을 달렸다.

이방원이 떠나고 나서 이성계는 곧 좌군도통사 조민수의 군막을 찾아갔다.

"아니 장군께서 이런 빗속을 뚫고……. 혹시 아드님이 오셨다더니 도성의 소식이라도?"

"아니올시다. 지난번 출정을 할 때 다섯째 아들 방원이 놈이 따라나서려고 하기에 말렸더니, 내가 걱정된다며 사병으로 데리고 있던 기병들 중 날쌘 자들만 십여 기를 선발해 참전하겠다고 달려온 것이었소."

이성계는 일단 조민수의 의심을 돌려놓기 위해 거짓말을 할 수밖에 없었다.

"대단한 효자가 아닙니까? 그래 어찌하셨습니까?"

"호통을 쳐서 집으로 돌려보냈습니다."

이성계는 그러면서 슬쩍 조민수의 눈치를 살폈다.

"장군도 어지간히 성격이 강직하십니다. 빗속을 뚫고 달려온 아들을 돌려보내다니……."

조민수는 고개를 끄덕이면서도 속내로는 이상하다는 생각을 떨쳐내지 못하였다.

그날 조민수는 이성계에게 술을 대접하였다. 그들은 장맛비가 주룩주룩 내리는 군막 밖의 풍경을 바라보며 독주를 들이켰다.

이성계는 얼큰하게 취한 상태가 되어 자신의 군막으로 돌아왔다. 곧 밤이 되어 잠을 청했으나 그럴수록 눈은 점점 말똥말똥해졌다.

'수신제가치국평천하라…….'

정신이 또렷한 가운데 이성계는 마음속으로 계속 같은 말을 되뇌고 있었다.

그로부터 며칠 후 두 번째 보낸 파발군사가 최영의 서찰을 가지고 돌아왔다. 그 서찰의 내용은 비가 그치기를 기다려 즉시 압록강을 건너 요동으로 달려가라는 것이었다.

조민수와 함께 최영의 서찰을 뜯어본 이성계는 화를 벌컥 냈다.

"이는 돌아오지 못할 강을 건너가라는 것이나 다름없소!"

"돌아오지 못할 강이라니요?"

조민수가 눈을 크게 뜨고 이성계를 바라보았다.

"누구나 황천5으로 가려면 반드시 강을 건넌다 하지 않소? 저 압록강이 바로 황천 가는 길인지 아닌지 누가 알겠소? 최영 장군은 명색이 팔도도통사인데, 도성에 앉아서 우리 두 사람과 10만 가까운 병력을 황천객이 되도록 만들려는 것이 분명하오."

"이성계 장군! 간밤에 험한 꿈을 꾼 모양이구려! 장맛비가 그치면 도강을 해 요동으로 진격합시다."

조민수는 더 이상 이성계의 불만 섞인 말을 듣고 있을 수 없다고 생각하며 불끈 일어섰다. 자칫 이성계의 말이 군사들 사이에 퍼져나가 군기를 저하시키는 원인이 되지 않을까 두려웠던 것이다.

우군도통사 이성계는 자신의 군막으로 돌아와 마침내 회군 결심을 굳혔다. 좌군도통사 조민수가 말을 듣지 않으므로, 우군만 이끌고서라도 회군을 할 수밖에 다른 도리가 없

---

5 황천(黃泉): 사람이 죽은 뒤에 그 혼이 가서 산다고 하는 세상.

다고 생각했던 것이다.

이성계는 새벽같이 우군에게 군령을 내렸다.

"우리 우군은 지금부터 회군을 한다!"

빗줄기가 뜸해진 새벽, 회색빛 하늘이 부옇게 밝아오는 때를 기다려 우군은 압록강을 건너 도성인 개경으로 향했다.

'이렇게 되었으니, 조민수도 별수 없이 나를 따라 회군 명령을 내리겠지.'

이성계는 말 위에서 회심의 미소를 지었다.

한편 아침이 되었을 때. 조민수의 군막으로 달려온 좌군의 군사가 급보를 전했다.

"오늘 새벽 이성계 장군의 우군이 강을 건너 회군했습니다."

"뭐라? 회군을 했다고? 그것이 확실하냐?"

순간, 조민수는 가슴이 덜컥 내려앉는 기분이었다. 혹시나 하면서 불안한 느낌이 들던 것이 현실로 변해버린 것이었다. 이성계가 회군을 했다는 것은 '반역'이나 다름없는 중대한 사안임을 그는 모르지 않았다.

여기서 조민수는 심각한 고민에 빠졌다. 이성계가 회군을 한 마당에 좌군만 이끌고 압록강을 건너 요동으로 진군한다는 것은 가당치도 않은 일이었다. 그렇다고 우군을 따라 회군을 한다면 이성계와 같은 역적의 반열에 오르는 결과가 되고 말 것이었다.

'아, 대체 이를 어찌한다? 좀 더 강하게 밀어붙여 이성계가 감히 역심을 품지 못하도록 했어야 하는데……'

조민수는 눈앞이 캄캄해졌다. 그러나 지금에 와서 후회한들 아무런 소용도 없었다.

고민을 거듭하던 끝에 조민수가 내린 결단은 이성계의 우군을 따라 좌군도 회군할 수밖에 없다는 것이었다. 회군을 결정한 그의 내면에서는 두 가지 가설이 머릿속을 맴돌았다. 먼저 최영의 관군이 반군을 강하게 몰아붙일 경우였다. 그때는 후방에서 좌군으로 공격을 가해 가운데 낀 이성계의 우군을 궤멸시켜 공을 세울 수 있을 것으로 보았다. 그리고 두 번째는 만약 이성계의 우군이 우세하여 관군이 불리해질 경우를 생각할 수 있었다. 이때는 좌군도 이성계의 우군을 도와 힘을 합쳐 최영의 관군을 물리친다면, 그 역시 앞날에 승승장구하는 새로운 길이 열릴 수도 있을 것이었다.

아무튼 조민수는 좌군을 이끌고 위화도에서 회군하는 수밖에 다른 도리가 없었다.

이렇게 요동 정벌에 나섰던 고려군이 위화도에서 회군한 것은 5월 22일의 일이었다. 4월 18일 출병했으므로, 한 달 남짓한 기간 동안 위화도에 주둔해 있다가 좌우 양군 모두 완전히 철수를 하게 된 것이었다.

7. 권력 장악

우군도통사 이성계는 자신의 군사들을 이끌고 새벽같이 압록강을 건너 도성을 향해 말을 달렸다. 압록강을 벗어나 남쪽으로 진군하는 동안 거짓말처럼 장맛비는 멈추었고, 푸른 하늘에는 뭉게구름이 한가롭게 떠다니고 있었다.

혹시 도성에 있는 최영이 위화도에서 보낸 파발군사의 장계를 믿지 못할 수도 있었을 것이란 생각이 문득 들자, 이성계는 그것이 오히려 잘된 일이라고 스스로 애써 위안을 삼았다. 우연은 필연을 낳는 법이라며, 내심 자신의 판단을 정당화시키면서 회군을 천재일우[1]의 기회로 여겼다.

'이젠 목숨을 걸고 최영과 싸우는 수밖에 없다.'

이성계가 최영과 싸운다는 것은 곧 왕권에 대한 도전이

---

1 천재일우(千載一遇): 천 년에 한 번 만난다는 뜻으로 좀처럼 만나기 어려운 기회를 이르는 말.

며, 고려 권문세족들을 무너뜨리고 새로운 정치권력을 창출하는 일에 다름 아니었다.

"날씨까지 우리를 도와주는구나. 말에 부지런히 채찍을 휘둘러 전력으로 질주하라!"

이성계는 말을 달려 앞으로 나가며 휘하 장수들에게 소리쳤다. 보병은 어차피 뒤에 처질 것이므로 기마대만이라도 길을 줄여 한시바삐 도성까지 달려가야 한다는 생각에 더욱 마음이 다급해졌다. 우군에 억류돼 있던 환관 김완도 기마대의 한 장수에게 맡겨 동행토록 하였다. 도성에 가서 써먹을 데가 있다고 생각했던 것이다.

달리는 말 위에서 이성계의 생각은 바쁘게 돌아갔다. 먼저 위화도에 남은 좌군도통사 조민수가 어떤 판단을 할지 모를 일이었다. 뒤미처 좌군도 회군을 하면서 도성의 최영을 도와 우군의 뒤를 친다면, 이성계는 졸지에 앞뒤로 적을 맞게 되는 셈이었다. 그것은 최악의 상황이라고 할 수 있었다. 따라서 그런 사태가 벌어지기 전에 먼저 도성의 최영이 이끄는 관군을 제압하여, 조민수도 울며 겨자 먹기로 반군에 가담토록 하는 것이 최선의 방법이었다.

그러다 보니 이성계는 기마대만 이끌고 먼저 도성을 치기 위해 서두르지 않을 수 없었다. 도성에서 최영이 관군

을 정비하기 전에 기습적으로 들이치는 것이 관건2이었
다.

'이미 봉화도 올랐을 것이다. 그러나 요동 정벌에 나선
고려군이 회군하는 줄은 모를 것이다. 변방에 무슨 소요가
있다는 것은 수시로 일어나는 일이므로, 그러한 것쯤 생각
하고 있을 것이다. 변방 수령들이 보낸 파발군사보다 먼저
도성에 도착하면 기습 작전에 성공할 수 있다.'

이성계의 마음속에서 전광석화3처럼 일어나는 이러한 생
각의 파편들은 미리 계획을 짜놓은 것처럼 착착 제대로 정
리되면서, 그에게 더욱 말채찍을 가하도록 만들었다.

"나보다 뒤떨어지는 장수들은 이 칼이 용서치 않을 것이다!"

이성계는 칼을 빼어 어깨 위로 높이 치켜들고 외쳤다.

말을 탄 군사들이 무리 지어 움직이는 기마대는 장수들
이 먼저 앞으로 질주해야 그 뒤를 목숨 걸고 따라 달리게
되어 있었다. 자칫 방만한 생각을 하다 뒤떨어지면 끝내 따
라잡기 힘든 것이 기마대의 속성이었다. 그만큼 말들이 빨

---

2 관건(關鍵): 문빗장과 자물쇠를 아울러 이르는 말로 어떤 사물이나 문제 해결의
  가장 중요한 부분을 뜻한다.
3 전광석화(電光石火): 부싯돌에서 번쩍이는 불빛처럼 대단히 짧은 순간. 또는 매
  우 빠른 동작을 가리킴.

리 달리기 때문이었다.

평양을 거쳐 개경까지 가는 동안 이성계의 우군을 멈추게 하는 성주들은 아무도 없었다. 그들 또한 이성계의 지휘 아래 움직이는 우군들을 차출해 내보낸 장본인들이기 때문이었다. 산야와 평지의 길은 말타기에 익숙한 기마대에게 탄탄대로였지만, 처음 위화도에서 출발해 도강한 압록강이나 그 후에 차례로 만나는 청천강·대동강·예성강은 배를 이용해야 하므로 시간이 많이 걸렸다. 그러나 서경인 평양에서 출발해 위화도까지 북진할 때 20일이 걸린 데 반하여, 회군할 때는 그 절반을 줄인 10일 만에 도성인 개경 인근까지 접근할 수 있었다.

그러는 사이 고려 도성을 지키던 최영은 뒤늦게 이성계의 회군 소식을 듣고 적이 당황하였다. 너무 갑작스러운 일이라 개경의 성곽 방어조차 미처 손쓸 겨를이 없었다. 군사를 보내 도성 밖에 있는 이성계의 가족을 볼모로 잡아두려 했으나 이미 집은 텅텅 비어 있었다. 이성계의 명을 받고 다섯째 아들 이방원이 가족들을 비밀리에 강원도 이천으로 피신시킨 것이었다.

이성계의 우군이 5월 22일 위화도를 떠나 개경 부근에 도착한 것은 6월 1일이었다. 사실상 그는 도성 안의 최영

군사와 싸우고 싶은 마음이 없었다. 따라서 일단 기마대와 함께 데리고 온 환관 김완을 성안으로 들여보내 우왕에게 항복을 권유해 보기로 했다. 문관으로 요동 정벌에 참여했다가 위화도 회군을 할 때 적극 동조했던 남은이 이성계와 의논을 하여 고려 조정에 보내는 글을 작성했다.

천자가 무력으로 우리를 억누를 생각을 한 번도 하지 않았습니다. 그런데 지금 최영이 총재가 되자 조종 이래로 큰 나라를 섬기던 뜻을 망각한 채 먼저 대군을 일으켜 상국을 침범하려 했습니다. 한여름에 많은 사람을 동원하니 온 나라의 농사가 결딴나고 왜놈들은 수비가 허술해진 틈을 타 내륙 깊이까지 침입해 약탈을 저지르며 우리 백성들을 살육하고 우리 창고를 불살랐습니다. 게다가 한양 천도 문제 때문에 온 나라가 소란한 지금, 최영을 제거하지 않으면 필시 나라가 전복되고 말 것입니다.

우왕은 6월 2일 이성계의 군대를 회유할 목적으로 밀직부사 진평중을 보내 다음과 같은 친서를 전달했다.

명령에 따라 출정했으면서 진군하라는 지시를 위반한 데다 군사를 이끌고 대궐을 침범하려 하니 또한 이는 인륜을 어기는 것이다. 이러한 불미스러운 일이 일어난 것은 부족한 이 몸때문이긴 하나 군신 간의 대의는 진실로 역사에 있어서 보편적 원칙이니 글 읽기를 즐기는 경들이 이러한 사실을 모를 리가 있겠는가? 더구나 조상으로부터 이어받은 강토를 어찌 쉽사리 남에게 내어줄 수 있겠는가? 차라리 군사를 일으켜 대항하는 것이 낫다고 생각했기에 나는 여러 사람과 의논했으며, 그 사람들이 옳다고 했는데 이제 와서 어찌 감히 어기는가? 그대들이 최영을 지목해 이러쿵저러쿵 말하지만, 그가 나를 보호해주고 있고 우리나라를 위해 힘써 수고한 것 또한 경들이 잘아는 사실이다. 이 교서를 받아보는 즉시 쓸데없는 망상을 버리고 개과천선[4]하여 끝까지 함께 부귀를 보존할 것을 생각하라. 나는 진실로 그렇게 되기를 바라는데 경들의 생각은 어떠한가?

이와 같은 우왕의 교서를 받고도 이성계 휘하의 장수와 기마대가 끄떡도 하지 않고 버티자, 성안에서는 일순 당황

---

4 개과천선(改過遷善): 지난 잘못을 고쳐 착하게 바뀐다는 뜻으로, 지난날의 잘못을 뉘우치고 착한 사람이 된다는 말.

한 기색이 보였다. 때마침 이때 동북면에서 퉁두란5이 또한 군사 1천을 이끌고 왔다. 우마차에 군량미를 가득 실은 보급부대도 줄을 잇고 있었다.

이성계는 천군만마6를 얻은 기분이었다. 우왕의 교서를 보고 작은 소요라도 일어날까 우려했었는데, 그가 이끌고 온 기마대의 군기가 더욱 살아났다.

"아우가 이렇게 와주니 마음 든든하군! 도성을 칠 때 철벽같은 방어를 해 장기전이 될 경우 군량미를 걱정했는데, 아우가 보급부대까지 이끌고 와서 이젠 큰 근심을 덜었네."

이성계는 퉁두란의 손을 잡고 힘차게 흔들었다.

"형님! 이것이 다 전에 형님께서 비축해둔 군량미입니다. 이럴 때 쓸 양식이란 걸 내가 진즉에 알았지요. 왓핫핫핫!"

퉁두란은 수염까지 흔들리도록 턱을 아래위로 주억거리며 호탕하게 웃었다.

뒤미처 이성계의 우군 보병들도 도착했고, 조민수의 좌

---

5 퉁두란: 여진족으로 이성계와 의형제를 맺은 심복 중의 심복이었으며 개국공신들 중에서 가장 많은 토지를 하사받은 전쟁영웅이다. '이지란'은 조선 귀화 이후 개명한 이름이고, 여진족 시절의 성은 퉁(佟), 이름은 쿠룬투란티무르(古倫豆蘭帖木兒)로 보통 '퉁두란'으로 불렸다.

6 천군만마(千軍萬馬): 천 명의 군사와 만 마리의 말. 대단히 강력한 군사력을 가리킴.

군에서도 선발대부터 착착 우군에게 도착 보고가 전달되었다. 조민수의 좌군은 이성계의 우군보다 좀 거리를 두고 정지해 일단 돌아가는 사태를 파악 중인데, 동북면에서 퉁두란이 군량미를 가져왔다는 소문이 들리자 군사들의 눈빛이 달라졌다. 도성을 지키는 관군과 일전을 벌이든지 어쩌든지 일단 당분간 굶주린 배를 다스릴 수 있게 되었다는데 안도하는 눈치들이었다.

그런 좌군 군사들의 마음을 읽은 조민수는 매우 난감하였다. 더구나 동북면에서 퉁두란이 이끌고 왔다는 1천의 군사는 전투력이 강하다는 소문이 나 있어, 그들을 적으로 이성계와 일전을 벌인다는 것은 섶을 지고 불 속으로 뛰어드는 일이나 진배없었다. 반면에 도성의 최영이 이끌고 있는 관군은 8천이 채 안 되는 소수 병력이었다. 고려군이 요동 정벌에 나선 틈을 타서 왜구들이 바다를 건너 삼남에서 방화와 약탈을 일삼고 있었으므로 개경의 방어 병력 일부를 남쪽으로 내려보낸 탓이었다.

누가 보더라도 대세는 이미 위화도에서 회군한 이성계의 우군에게로 기울어져 있었다. 좌군을 이끌고 우군을 따라 회군한 조민수도 선택의 여지는 없었다. 이성계와 함께 반군이 되어 도성 안의 최영이 이끄는 관군과 일전을 벌이는 것이 유일하게 살아남을 수 있는 길임을 뼈저리게 느꼈다.

마침내 6월 3일, 조민수는 이성계의 우군에게 전령을 보내 도성을 공격할 작전을 짜자는 제의를 했다. 이성계는 조민수의 제안을 흔쾌히 받아들였다. 이제 좌군까지 회군하여 도성을 공격하자고 했으니, 후방을 염려할 걱정이 깨끗하게 사라진 것이었다.

이성계는 곧 자신이 이끄는 우군과 조민수가 이끄는 좌군의 배치부터 정하였다. 우군은 도성의 동쪽인 숭인문 밖 산암대 인근에 진지를 구축하였고, 좌군은 서쪽의 선의문 인근으로 이동시키도록 했다.

이렇게 하여 처음 위화도에서 회군한 좌우군이 도성을 공격했으나, 변변한 공성전투 장비가 마련되지 않아 관군의 방어벽을 뚫지 못했다. 도성의 높이가 27척, 두께가 12척으로 매우 견고하여 군사 8천이 채 안 되는 병력으로도 최영은 최선의 방어전을 펼쳤다.

그런데 좌우군이 도성을 향해 협공할 때 조민수와 이성계의 전략은 달랐다. 좌군의 조민수는 휘하 장수 유만수를 선봉으로 세워 공성전을 벌였으나, 우군의 이성계는 아예 말의 안장까지 풀어놓고 군사들을 쉬게 하였다. 그러자 최영의 8천 군사들은 우군보다 좌군 쪽의 방어가 급했으므로 총력을 선의문에 집중시켰다.

이때 이성계는 성내의 군사 이동을 면밀히 관찰한 후 동쪽 숭인문 방어가 허술한 틈을 노려 갑자기 말 위에 안장을 얹고 기습공격으로 성문을 부수며 쳐들어갔다. 허허실실의 기법으로 최영의 눈을 속인 것이었다. 하긴 최영의 입장에서도 도성의 군사가 턱없이 부족했으므로 전체적으로 균형 있는 방어벽을 마련하기는 어려웠다. 그러니 당장 급한 쪽으로 군사들이 몰릴 수밖에 달리 뾰족한 방도가 없었다. 이성계는 바로 그러한 점을 노려 먼저 서쪽의 좌군이 공성전을 벌이기를 바랐고, 그러한 가운데 방어가 허술해진 동쪽을 기습하여 성문을 부수고 도성 안으로 진입할 수 있었던 것이다.

이성계의 우군은 황룡 깃발을 들고 물밀듯이 성안으로 쳐들어가 최영의 군사들을 압박했다. 그리고 조민수의 좌군은 흑색 깃발을 치켜세운 채 일진일퇴하다가, 우군에 밀려 서쪽 선의문 밖으로 밀려 나온 최영의 군사들과 대적하게 되었다. 최영의 군사는 이성계와 조민수의 군사들에게 쫓겨 남산 쪽으로 밀려갈 수밖에 없었다. 중과부적7이었다.

---

7 중과부적(衆寡不敵): 무리가 적으면 대적할 수 없다는 뜻으로, 적은 수로는 많은 적을 대적하지 못한다는 말.

당시 궁궐 남쪽에 있는 개경의 남산은 최영의 휘하 장수인 안소가 정예병을 거느린 채 철저히 지키고 있었다. 안소가 산 위에서 내려다보니 황룡 깃발과 검은 깃발의 대부대가 물밀듯이 밀려오고, 요란하게 두드리는 북소리가 하늘을 찌를 듯하여 더럭 겁부터 먹었다. 결국 안소는 싸울 의지를 잃고 패주하는 군사들을 따라 도망치기에 바빴다.

조민수와 이성계의 좌우군에게 밀린 최영은 뒤따르던 군사들마저 뿔뿔이 흩어지는 바람에 우왕이 피신한 궁궐의 화원으로 달려갔다. 그곳에는 우왕이 최영의 딸 후비와 함께 팔각정에 숨어 있었는데, 이를 눈치챈 이성계의 군대는 화원을 수백 겹으로 포위했다.

마침내 이성계의 군사들은 화원의 담장을 무너뜨리고 그 안으로 진입하였다. 이렇게 되자 최영은 도무지 어찌할 줄 모르고 손을 잡고 채 우는 우왕에게 두 번 절한 후 마침내 이성계에게 항복했다.

이때 이성계는 최영을 보자 눈물을 흘리며 다음과 같이 말했다.

"일이 이렇게 된 것은 나의 본의가 아닙니다. 국가가 위태롭고 백성이 빈곤하여 원망이 하늘에 미쳤으므로 부득이하게 일어난 일입니다."

마침내 이성계는 최영을 고봉현으로 귀양 보냈다. 그 후 다시 최영의 귀양지를 합포·충주 등지로 옮겼다가, 그해 12월에 수하를 보내 참살하였다. 당시 최영의 나이 73세였다.

8. 신진사대부의 대립

개경이 이성계와 조민수의 군대에 함락되고 나서 우왕은 당시 9세였던 아들 창왕에게 양위하고 강화로 유배되었다. 고려 제33대 왕위에 오른 창왕은 우왕과 시중 이림의 딸 근비와의 사이에서 태어난 아들이었다.

전격적으로 위화도 회군을 단행하여 실권을 장악한 이성계는 최영과 권문세족들에 의해 좌지우지되던 고려 조정을 전반적으로 개혁할 필요가 있다고 판단했다. 어린 창왕은 허수아비에 불과했으므로, 이성계는 정도전을 가까이 불러 국정을 의논했다.

"문하시중으로 누구를 앉혔으면 좋겠는가?"

최영이 제거되었으므로 그 자리를 우선 공석으로 비워둘 수 없었다.

"일단 대감께선 수문하시중의 자리에 그대로 계시는 게 좋겠습니다. 아무래도 문하시중은 지금의 금상을 적극 추천한 바 있는 이색 공이 어떠하올는지요?"

정도전은 호형호제를 하는 사이지만, 이성계를 부를 때

는 반드시 '대감'이란 호칭을 사용하였다.

　아무튼 정도전의 말처럼 우왕이 유배당하고 나서 그의 어린 아들을 적극 추천한 것은 이색이었고, 애써 동조를 하고 나선 것은 조민수였다.

　"목은을 문하시중에? 이색은 그대의 스승이기도 하지 않은가?"

　이성계는 이색의 호 '목은'까지 들먹이며 조금은 염려스러운 표정을 지었다. 이색은 신진사대부를 대표하는 유학자로 공민왕 때 개혁의 중심에 섰던 인물이었다. 성질이 대쪽같아 불의를 보면 바른말을 하지 않고는 못 배기는 선비 기질을 타고났다. 이성계가 내심 이색을 경계하는 이유였다.

　"아직 최영의 일파였던 권문세족이 다 사라진 것은 아닙니다. 대감께서 문하시중의 자리에 앉으면 곧바로 그들의 공격 대상이 될 수 있습니다. 문하시중의 뒤에 있으면서 그때그때 실력 행사를 하는 것이 좋습니다."

　"흐음! 일리가 있는 말이네. 권문세족과 나 사이를 두고 목은이 완충 역할을 해줄 것이라 이 말이지?"

　이성계는 정도전의 의견을 받아들여 창왕에게 이색을 문하시중으로 추천하였다.

　문하시중이 된 이색은 곧 명나라 사신으로 가기를 청하

였다. 창왕의 옹립을 알림으로써 고려와 명나라를 우호적 관계로 만들고자 하는 고육책에서 나온 것이었다.

그러나 정작 이색은 명나라로 하여금 이성계 일파의 세력을 억제할 방안을 강구하였다. 이색은 1377년에 우왕의 사부가 되어 신유학을 가르친 적도 있었다. 그런데 위화도 회군 직후 이성계 일파에 의하여 우왕이 강화로 유배되자, 그때부터 이성계 일파를 은근히 견제해오고 있었던 것이다.

이색이 명나라 사신으로 간 사이에 이성계는 정도전의 의견을 받아들여 조준으로 하여금 전제 개혁을 실행토록 하였다. 이는 권문세족이 수탈한 토지를 몰수하기 위하여 '과전법'을 실시, 토지대장을 모두 몰수하여 불태워버린 것이었다. 그 불길이 사흘 동안 밤낮으로 불타올라 토지를 빼앗긴 부자들은 울고불고 난리를 쳤으며, 가난한 백성들은 새로운 세상을 만났다며 만세를 불렀다.

이때 위화도 회군 당시 이성계와 행동을 같이했던 조민수는 전제 개혁을 반대하다 창녕으로 유배되었다. 그러나 창왕의 생일에 특사로 방면되어 재기를 꿈꾸었다.

명나라에서 귀국한 이색도 급격한 전제 개혁은 사회 혼란만 가중한다고 하여 반대하다가 장단으로 유배되었다. 신진사대부 중에서는 급진파와 점진적인 개혁을 주장하는 온건파로 나누어져 있었다. 급진파는 정도전·조준·남은 등 이성계를 따르는 계열이었고, 이색을 위시하여 정몽주 등은 권문세족들에게 크게 불만의 빌미를 주지 않으면서 점진적으로 개혁을 추진해나가자는 온건파였다.

이성계와 정도전은 그들의 개혁 정책을 방해하는 걸림돌들을 하나하나 제거해 나가야 한다는 데 암묵적으로 의견의 일치를 보았다.

"아무래도 우가 문제야. 목숨만이라도 부지시켜두려 하였더니 그를 재추대하려는 세력들이 있단 말일세."

이성계가 정도전을 만난 자리에서 은밀하게 꺼낸 말이었다. '우'는 우왕의 이름이었다. 토지를 빼앗긴 권문제족들의 움직임도 수상하지만, 전제 개혁에 반대한다는 명목으로 유배를 보낸 이색도 요주의 인물로 떠올랐다. 이색은 일전에 명나라 사신으로 가서 표문을 올려 국정 감독관을 요청, 이성계 세력을 견제하려는 책략을 쓴 사실이 있었다. 이성계로서는 마땅히 경계해야 할 인물이었다. 명색이 이색은 우왕의 사부를 지낸 바 있어, 그 마음속에 어떤 생각이 똬리를 틀고 있을지 모를 일이었다.

"일거에 우왕과 창왕을 제거할 수단을 강구해야 할 것 같습니다. 사실 그 두 사람은 왕씨가 아니라 신씨입니다. 차

제에 왕씨 혈통을 찾아 제대로 된 고려 왕실의 체모를 살려
야 되겠지요."

정도전은 이미 이성계의 마음을 읽고 있었다. 우왕과 창
왕이 있는 한 권문세족이 깊은 뿌리를 내린 부패 권력과 이
색·정도전 등 신진사대 중 온건파들의 득세를 막을 수 없다
고 판단한 것이었다. 그들 두 세력 역시 급진파들의 개혁
추진에는 걸림돌이 될 수밖에 없다는 것이 정도전과 이성
계의 공통적인 생각이었다.

"옳은 말일세. 신돈의 핏줄은 마땅히 제거해야겠지."

이성계의 눈빛이 날카롭게 빛났다.

우왕은 명목상 공민왕의 아들로 왕위를 계승하기는 했지
만, 당시 일반 백성들에게까지도 승려 신돈의 아들일지 모
른다는 소문이 자자했다.

한 마디로 공민왕은 개혁 군주라 할 수 있었다. 고구려가
원나라의 지배를 받던 충렬·충선·충숙·충혜·충목·충정 등을
거쳐 왕위에 오른 공민왕은 영토 회복과 국권회복운동을
벌이면서 과감하게 변발을 풀어헤치는 등 원나라 간섭에서
벗어나고자 강력한 개혁 정치를 펼쳤다. 원나라 지배기의
왕들은 모두 앞에 '충'자를 붙였으나, 그는 과감하게 왕명
에서 '충'자를 떼어버렸다. 더 이상 원나라에 충성하지 않

겠다는 뜻이었다.

1349년(충정왕 1년)에 고려 왕자의 신분으로 원나라의 노국공주와 정략결혼을 한 공민왕은, 그 후 2년 만에 왕위에 올랐다. 초창기부터 원나라 간섭에서 벗어나기 위한 정책을 펼치면서도 공민왕은 왕후인 노국공주만큼은 끔찍이도 사랑하였다. 그러나 오래도록 자녀를 낳지 못하다가 1365년(공민왕 14년)에 노국공주가 잉태하여 아이를 낳다 난산으로 죽었다. 그런데 바로 그해에 개혁 정치에 앞장선 정치 승려 신돈의 집에 자주 드나들다 '반야'라는 여인을 총애하게 되어 아들을 낳았다. 원래 신돈의 비첩이었던 반야가 낳은 아들을 공민왕은 자신의 아들이라고 여겼다. 태후의 반대가 심하여 세자로 삼지 못했으나, 궁궐로 데려다 태후궁에서 키우며 '우'라는 이름을 지어주고 강녕부원대군에 봉하였다. 그리고 그 이듬해에 공민왕은 우를 궁인 한씨의 소생이라고 발표하였다. 당시 이미 궁인 한씨는 사망한 상태였다. 그런데도 공민왕은 우의 생모인 반야가 신돈의 비첩 출신이었으므로, 고민 끝에 한씨의 소생으로 만들어 자신의 아들임을 만천하에 공포했던 것이다.

이성계는 이와 같은 내력을 이유로 하여 우왕을 공민왕의 소생이 아닌 신돈의 아들이고, 창왕도 신씨의 핏줄이라

주장하였다. 결국 우왕은 강화도에서 황려(지금의 여주)로 유배지를 옮겼다. 창왕도 왕위에 오른 지 1년 만인 1389년 폐위되어 강화도로 유배되었다.

이렇게 되자 이성계의 권력은 하늘은 찌를 듯하였다. 그러나 어린 창왕을 옹립하는데 앞장섰던 이색의 경우 장단으로 유배를 보냈으나 목숨까지 거두지는 못했다. 이색을 스승으로 모시는 정도전이 우선 극형을 원하지 않았고, 그를 추앙하고 따르는 신진사대부들의 영향력도 결코 무시할 수 없었기 때문이다.

그런데 드디어 이성계 세력에게 우왕과 창왕을 제거할 수 있는 기회가 왔다. 권력은 식물이 자라나는 온상과도 같아서 뿌리를 남겨두면 언젠가는 땅 위로 싹을 내밀고 올라와 하늘을 보려고 하는 법이었다. 그래서 권력을 쥔 위정자들은 반대 세력을 뿌리까지 뽑아 후환을 없애야만 안심할 수 있는 것이었다.

1398년(창왕 1년) 11월, 대호군을 지낸 김저와 부령을 지낸 정득후가 우왕을 복위시키려는 음모를 꾸몄다. 김저는 최영의 생질이고, 정득후는 최영의 최측근 부하였다. 두 사람은 우왕이 강화도에서 황려로 유배지를 옮겼을 때 비밀리에 찾아가 복위 운동을 하겠다고 말하고, 마침내 행동에 돌입하였다.

사실상 김저나 정득후는 최영의 측근 인물들이므로 직접 이성계를 만나기가 어려웠다. 따라서 이성계의 측근 무사 중에서 불만이 많은 자를 자객으로 물색하기로 하였다. 두 사람은 이성계의 목숨을 쉽게 거둘 수 있는 자객으로 곽충보를 지목하였다.

곽충보는 위화도 회군 때 궁궐 화원의 팔각정을 포위해 최영을 사로잡아 유배시켰으며, 우왕을 폐하고 창왕을 옹립하는 데도 큰 공을 세웠다. 그런데도 이성계는 곽충보에게 높은 벼슬을 주지 않았다. 김저와 정득후가 노린 것은 곽충보의 그러한 약점을 이용하여 만약 우왕이 복위되면 큰 벼슬자리를 내리겠다고 약속하고, 금은보화로 매수하면서 이성계를 죽이라고 사주한 것이었다.

이때 곽충보의 머리는 비상하게 돌아갔다. 만약 김저와 정득후의 말을 들어 이성계를 죽이려다 실패하면 그 자신뿐만 아니라 삼족[1]이 모두 멸문지화[2]를 면치 못할 것이었

---

1 삼족(三族): 부계·모계·처계 친족을 통틀어 부르는 친족 용어.
2 멸문지화(滅門之禍): 가문이 없어지는 재앙이라는 뜻으로 온 집안사람이 모두 죽임을 당하는 큰 재앙을 말함.

다. 그렇다고 두 사람의 말을 들어주지 않을 경우, 비밀을 지키기 위해 즉각 그를 죽이려고 할 것이 불은 보듯 뻔한 노릇이었다. 그는 일생일대의 위기임을 인식했는데, 뒤집어 생각하면 그것이 기회가 될 수도 있다고 판단했다.

'위기는 기회라는 말이 있지 않은가?'

곽충보는 마음속으로 이렇게 뇌까리며 김저와 정득후가 주는 뇌물을 덥석 받고 나서, 이까지 부드득 갈면서 이성계를 죽이겠다는 굳은 결심을 해서 그들에게 보여주는 척했다.

그러고 나서 다음 날 곽충보는 이성계를 찾아가 밀고를 했다.

"내일 마침 팔관회3인데, 내가 갑자기 병이 나서 집에 누워 있다고 하겠네. 그대가 놈들과 함께 우리 집으로 잠입하여 나를 죽이자고 유인토록 하게."

이성계의 말대로 곽충보는 김저와 정득후를 만나 이성계의 저택으로 잠입하자고 말했다.

---

3 팔관회(八關會): 삼국시대에 시작되어 고려시대 국가행사로 치러진 종교행사. 해마다 음력 10월 15일은 서경에서, 11월 15일은 개경에서 토속신에게 제사를 지내던 의식. 술, 다과, 놀이로써 즐기고 나라와 왕실의 안녕을 빌었다.

다음 날인 11월 15일, 개경에서 팔관회 행사가 대대적으로 열렸다. 김저와 정득후가 남몰래 살펴보니 정말 이성계가 병으로 집에 누워 있다는 것이 사실로 밝혀졌다. 두 사람은 곽충보를 믿고 자정이 가까운 시각에 이성계의 저택 담을 넘다가, 미리 대기하고 있던 이성계의 졸개들에게 들키고 말았다. 정득후는 그 자리에서 칼로 자신의 목을 찔러 자살하였고, 김저는 사로잡혀 감옥에 갇혔다.

대간의 심문 과정에서 김저는 변안력·이림·우현보·우인열·왕안덕·우홍수 등과 공모하여 우왕을 복위시키려고 하였다는 자백을 했다. 그들은 최영의 수하들이었는데, 이 사건으로 인하여 모두 척결되었다. 이로써 마지막 남은 최영의 세력들이 깨끗이 세력 기반을 잃었다. 중심 세력으로 거론된 인물들은 죽음의 길로 갔고, 그들과 관련하여 모의 가담 혐의자로 의심받은 문하평리 정지 등 27인은 유배형에 처해졌다. 그해 12월에 이성계의 세력은 고려 제34대 왕으로 공양왕을 옹립하였다.

공양왕이 즉위한 직후 이성계 일파는 유배된 우왕과 창왕을 죽여야 한다고 강력히 주장하였다. 그들이 살아 있으면 또 누군가가 모반을 획책할지 알 수 없다는 이유에서였다. 결국 우왕은 유배지 황려에서 강릉으로 유배를 떠난 직후 25세의 나이로, 창왕은 유배지 강화에서 불과 10세의 나이로 죽임을 당했다. 이로써 일단 이성계의 세력은 우왕과 창왕을 신돈의 핏줄이라 하여 완벽하게 제거하는 데 성공하였다.

창왕의 뒤를 이은 공양왕은 고려 제20대 왕 신종의 6세손인 정원부원군 왕균의 아들인데, 이미 그때 45세의 노령으로 왕위에 올랐다. 그를 옹립한 이성계를 위시하여 정몽주·정도전·조준·성석린 등의 대신들이 정권의 실세로 떠올랐다. 이때 이색도 신진사대부의 정몽주 등 온건파의 주청으로 해배가 되어 개경으로 돌아와 판문하부사에 임명되었다. 그러나 대간에서 그가 창왕의 즉위를 도운 일을 내세워 탄핵하는 바람에 복귀 한 달 만에 파직당하고 말았다. 정도전 등 급진파는 신진사대부를 대표하는 이색의 영향력을 무시할 수가 없어 권력의 중앙 무대에 그대로 놔두기가 두려웠던 것이다.

이렇게 되면서 고려 조정은 신진사대부 세력들에 의해 개혁 정책이 본격적으로 추진되었다. 그러나 정도전·남은·조준 등의 급진세력과 정몽주·이숭인·김종학 등의 온건세력으로 갈라져 개혁 정책의 입안에서부터 갈등이 빚어지고 있었다. 온건파는 유교적 왕도정치를 꿈꾸면서 왕씨로 계보를 잇는 고려왕조를 그대로 이어 나가려고 하였고, 급진파는 역성혁명4을 감행하여 이성계를 왕으로 옹립하는 새로운 왕조를 개창하려고 주도면밀한 준비를 하고 있었다.

역성혁명을 주도한 급진파는 먼저 새로운 왕조를 개창하기 위해서는 도읍을 옮길 필요가 있다고 판단했다. 이에 따라 1390년(공양왕 1년)에 급히 한양으로 도읍을 옮겼으나, 천도로 인하여 민심이 흉흉해지자 6개월 만에 다시 개경으로 환도하였다. 마음만 먹는다고 천도가 되는 것은 아니었다. 제대로 된 절차를 밟아 궁궐의 터를 잡고, 각종 전각과 부대 시설을 건설하는 데만도 여러 해가 걸리는 일을 당장 도성을 이전해 놓고 본다는 급진파의 행동을 온건파가 제지하면서 두 세력의 대립은 점점 더 극한으로 치닫게 되었다.

---

4 역성혁명(易姓革命): 세습왕조가 다른 가문으로 바뀌는 것을 말한다.

9. 낙마 사고

1391년(공양왕 2년) 4월, 명나라는 고려에 사신을 파견해 말 1만 필을 팔도록 요구해왔다. 공물로 바치라는 것이 아니라 팔라는 것이었지만, 그것은 고려가 어찌 나오나 보기 위한 명나라의 교묘한 외교 전략이었다. 당장 고려로선 말 1만 필을 마련할 길이 없었다. 그렇다고 군사용 말을 수거할 수는 없는 노릇이므로, 그해 6월에 가까스로 1,500필의 말을 구해 명나라에 보냈다.

그러는 한편 고려는 공양왕 2년 9월에 왕세자 왕석과 함께 문하찬성사 설장수를 하정사[1]로 임명하여 명나라에 파견하였다. 명나라의 요구를 들어주지 못한 데 대한 질책이 염려되었기 때문이다. 그러나 새해가 되어 조문을 할 때 명나라는 왕세자에게 질책이 아닌 의복과 금은을 내려 답례를 하였으며, 따라서 무사히 귀국길에 오를 수 있었다.

---

[1] 하정사(賀正使): 해마다 정월 초하룻날 새해를 축하하러 중국으로 가던 사신. 동지와 정월이 가까이 있으므로 동지사(冬至使)가 정조사를 겸하였다.

하정사로 간 통사 이현이 한발 먼저 명나라를 떠나 1392년(공양왕 3년) 3월 10일 개경에 도착, 곧 왕세자 일행이 귀국한다는 보고를 하였다. 이때 고려 조정에서는 무사히 명나라에서 돌아오는 왕세자를 마중하러 갈 인물로 이성계를 추천하였다.

정몽주 등 온건개혁파는 은근히 이성계를 원방으로 내보내고 싶었던 것이다. 또한 이성계 자신도 군사들을 이끌고 궁궐에서 벗어나 오랜만에 사냥놀이를 즐기려는 욕심이 있었다.

이성계는 해주 인근의 황주에 가서 왕세자의 귀국을 기다리며 군사 훈련을 겸해 사냥을 하였다. 위화도 회군 이후 말을 타고 들판을 마음껏 달려보기는 처음이었다. 그동안 궁궐에서 문무 대신들과 죽고 죽이는 권력다툼을 하다 보니, 그로서는 정사에 진력이 날만도 하였던 것이다. 불과 4년 사이에 왕이 두 번 바뀌었고, 모반으로 인하여 문무 대신 중 이성계의 반대파가 척결되면서 많은 인명이 살상되었다.

잠깐만이라도 정사에서 벗어나 자유롭고 싶었던 이성계는 왕세자가 명나라에서 돌아와 압록강을 건너는 동안 황주에서 마음껏 사냥놀이를 즐기고 싶었던 것이다. 그러나 욕심이 너무 과했던 탓인지 아니면 체력 훈련을 등한시한 때문인지, 그는 사냥몰이를 위해 급히 달리다가 말이 진흙탕에서 미끄러지는 바람에 땅으로 곤두박질을 치고 말았다.

"어이쿠!"

이성계는 말 위에서 진흙으로 된 펄에 거꾸로 떨어지면서 허리를 크게 다치고 말았다. 움직이려고 했지만 도무지 몸을 가눌 수가 없었다.

"장군! 많이 다치셨습니까?"

졸개들이 달려와 부축하려고 했지만, 이성계는 곧바로 일어날 수가 없었다.

"수, 수레를!"

이성계의 명령을 받고 수하의 장수가 수레를 대령시켰다. 곧 졸개들의 부축을 받아 그는 수레에 올랐다. 일단 황주 관아로 이동하여 안정을 취할 수밖에 없었다.

"개경에 알려야 하지 않겠습니까?"

휘하 장수가 물었지만, 이성계는 손을 들어 말렸다.

"괜히 번거롭게 하지 말게. 하루 이틀 지나면 나아지겠지."

그러나 왕세자 왕석의 사신단 일행이 압록강을 건너 의주를 거쳐 해주로 올 때까지도 이성계는 자리보전을 한 채 일어나지 못했다. 결국 그는 황주 관아에서 병석의 몸으로 왕세자 일행을 맞았으며, 휘하 졸개 몇몇만 남겨두고 자신이 이끌고 온 군사들로 하여금 사신단을 호위해 개경으로 가도록 조처하였다.

왕세자를 위시한 사신단이 귀성한 것은 그해 3월 26일이었다. 이들 사신단의 보고를 통해 이성계가 황주에서 사냥을 하다 낙상했다는 소식도 뒤늦게 전해졌다.

자신의 부상을 대수롭지 않게 생각한 이성계는 측근 수하들의 염려에도 불구하고 개경의 왕실은 물론 가족에게도 알리지 않도록 함구하였다. 사실은 사냥하다 낙상으로 인해 몸을 다쳤다는 것이 무사로서 자존심 부쩍 상하는 일이었던 것이다. 젊은 장수 시절부터 예순의 가까운 나이가 되도록 말에서 떨어져 부상당한 적이 단 한 번도 없었으므로, 무장으로서 낙상 사고는 수치에 가까운 일이었다.

뒤늦게 사신단의 귀경과 함께 이성계의 낙상 소식이 전해지자 고려 조정은 분위기가 심각하게 돌아갔다. 이성계의 낙마를 기다리고 있었다는 듯, 온건파의 정몽주 세력은 공양왕에게 급진파인 정도전·조준 등을 탄핵하는 상소를 올렸다. 정도전이 이성계의 오른팔이라면 조준은 왼팔 역할을 하였다. 특히 정몽주는 후학인 정도전보다 전제 개혁에 누구보다 앞장섰던 조준을 더 미워하여 공양왕에게 그의 죄과를 낱낱이 밝혔다.

창왕을 폐위하고 공양왕을 추대할 당시 조준은 강력하게 반대한 대신 중 한 명이었다. 공양왕은 왕위에 오르기 전에 왕족으로 풍족한 삶을 구가하고 있었는데, 그만큼 돈과 토지에 대한 욕심이 많았다. 토지개혁에 앞장선 조준으로선 그런 자를 왕으로 추대하는 것이 매우 못마땅할 수밖에 없어 가장 반대를 많이 한 대신이었다.

왕위에 오른 후에도 공양왕은 조준이 그러한 인물임을 모르고 있었는데, 정몽주가 뒤늦게 그 사실을 고해바친 것이었다. 정몽주는 먼저 이성계의 보좌역인 조준을 가장 먼저 제거해 급진파의 중심축이 무너지도록 하면 머지않아 그 세력이 괴멸되리라 판단했던 것이다. 정몽주가 오른팔인 정도전보다 왼팔인 조준을 그처럼 요주의 인물로 본 것은, 공양왕의 심기를 불편하게 만들어 제거하기에 맞춤한 정적이라고 판단했기 때문이다. 조준이 강력하게 몰아붙여 전제 개혁을 단행, 공과 사를 불문하고 토지대장을 전부 거둬들여 개경 한복판에서 불태울 때 공양왕이 몰래 울먹이며 하던 말을 정몽주는 기억하고 있었다.

"내 통치기에 와서 토지제도가 이렇게 바뀌다니……."

당시는 공양왕 2년이었는데, 이성계 세력의 개혁을 주도

하던 급진파 대신들의 주장에 밀려 어명으로 토지대장을 불 태우게 했던 것이다. 그 불덩이 속에 공양왕의 토지문서도 들어 있었으므로, 토지개혁을 주도한 조준이 가장 밉상으로 보였을 것이다. 정몽주는 바로 그러한 공양왕의 내면 심리 를 이용해 이성계가 조정에 없는 틈을 타서 조준을 비롯한 급진파를 척결하고자 한 것이었다.

공양왕은 정몽주 등 온건파 세력이 올린 탄핵 상고를 즉 각 받아들여 급진파인 정도전·조준·남은·남재·조박·오사충 등을 유배형에 처한다는 어명을 내렸다. 이때 공양왕은 물 론이고 정몽주 등 온건파는 제발 낙마한 이성계가 개경으로 돌아오지 않기만을 바라는 마음 간절하였다.

이렇게 되자 이성계 당사자는 물론, 개경에 있는 그의 가 족들도 설상가상으로 위태로움에 처하게 되었다. 말 그대 로 한창 꽃이 피어나는 봄날 눈과 서리가 겹으로 쌓여 꽃밭 이 시르죽은 풀밭으로 변해버리고 만 것이었다. 이성계의 낙상도 집안으로선 환난인데, 거기에다 그의 수족이라 할 수 있는 급진파들이 모두 유배형에 처해졌으니 그런 날벼 락이 없었다.

개경의 저택에 들어앉아 그 소식을 접한 이성계의 둘째 부인 강씨는 이제 열 살이 채 안 된 방번과 방석 어린 두 아들을 감싸 안으며 앞날이 캄캄해져 오는 것을 느꼈다. 그때 정실부인의 아들 여섯 명의 얼굴이 떠올랐다. 그중에서 특히 또렷이 기억되는 얼굴이 있었는데, 집안이 위기에 처할 때면 나타나 위급 상황에서 가족들을 구출해주곤 하던 다섯째 아들 이방원이었다. 이성계가 위화도 회군을 할 당시에 이방원이 가족들을 강원도 이천으로 피신시켜 목숨을 살릴 수 있게 해준 데 대한 고마움도 강씨는 잊지 않고 있었다.

그런데 그 무렵, 이방원은 친모 한씨가 1391년에 세상을 떠난 직후부터 시묘살이하고 있었다. 시묘살이는 원래 3년을 해야 효자라고 하는데, 강씨의 생각에 집안이 위태로운 지경에 처한 만큼 그것을 따질 계제가 아니라고 판단했다. 강씨는 급히 집안사람을 개경 외곽 속촌에 있는 모친 묘소에서 여막을 짓고 시묘살이하는 이방원에게 보내 위급 상황을 알렸다.

"좌시할 수 없는 일이로군! 이러한 중차대한 시기에 아버님이 크게 다치신 모양인데, 시묘살이나 하며 앉아 있을 수는 없지."

이성계의 낙상 소식을 접하자 이방원은 떨치고 일어났다.

더구나 이성계를 중심으로 역성혁명을 주도하던 정도전

등 급진파가 유배를 당해 집안이 도탄의 위기에 처해 있으므로, 이방원은 1년밖에 안 된 시묘살이를 접을 수밖에 없었던 것이다.

이성계의 많은 아들 중에서 이방원은 유일하게 문과에 급제하여 특히 부친의 사랑을 많이 받았다. 이방원이 1383년(우왕 9년)에 17세의 나이로 문과에 급제하자 대대로 무관집안을 이어온 이성계로선 대단한 영광이 아닐 수 없었다.

이방원이 문과에 급제했을 당시 이성계는 너무 기쁜 나머지 다음과 같이 말했다.

"내 뜻을 이루어줄 사람은 바로 너다!"

당시 이성계는 개경의 대궐 뜰에 나가 절을 하며 감격의 눈물까지 흘렸다.

이처럼 이성계의 아들 가운데서 청년기부터 부친의 남다른 사랑을 받아온 이방원은, 무예에서도 특출한 능력을 보여 문무를 겸하여 집안의 대소사에 없어서는 안 될 인물로 부상하였다. 따라서 명색이 우대부언이라는 문관 벼슬을 하고 있었지만, 사병을 두어 이성계의 자식 중에서 가장 강력한 군사력을 자랑하였다.

이방원은 부친 이성계의 낙상사고가 일어난 황주로 말을

달리면서 여러 가지 생각으로 마음이 급했다. 그는 고려 조정의 돌아가는 사정을 훤히 꿰뚫고 있었다. 정몽주를 위시한 온건파와 정도전을 중심으로 한 개혁파가 첨예하게 대립하고 있는 가운데, 문무의 최고 수장 이성계가 병상에 누워 조정의 공백이 생기면서 파탄이 온 것이었다. 그동안 이성계는 두 세력 모두를 끌어안고 개혁정치를 펴나가겠다는 욕심을 갖고 공양왕의 조정간 역할을 해오고 있었는데, 결국 온건파가 급진파를 밀어낸 것이었다.

"이랴, 이럇!"

이방원은 채찍으로 말의 목덜미를 가격했고, 양발에 끼운 등자로 옆구리를 연신 차면서 질주하였다. 그의 뒤를 따르던 심복 조영규를 비롯한 수하들도 뒤처지지 않기 위해 말의 속력을 높였다.

그런데 도중에 이방원은 부친 이성계 일행이 황주 관아에서 떠나 개경에서 그리 멀지 않은 예성강 하구의 벽란도에 와서 묵고 있다는 소식을 접했다. 그는 말을 돌려 급히 벽란도로 향했다.

마침내 벽란도에 도착한 이방원은 숨찬 모습으로 이성계의 병상에 나타났다.

"아버님! 이 어찌된 일이옵니까?"

이방원이 이성계 앞으로 엎어지며 애써 울음소리를 죽였다.

"웬 야단이냐?"

잠이 들었던 이성계가 아들 이방원의 목소리를 듣고 번쩍 눈을 떴다. 그러나 목소리는 낮게 가라앉아 있었다.

"아버님, 다치신 몸은 어떠하십니까?"

"괜찮다. 몸조리만 잘하면 쉬 일어날 수 있을 것이다."

"벌써 여러 날이 지났는데, 이리 누워계시니 많이 다치신 모양입니다. 이곳에서는 병수발이 어려우니, 개경으로 어서 가시지요."

이방원은 꼼짝 못 한 채 자리보전하고 누워있는 부친의 병세를 매우 위중하게 보았다. 그래서 같이 달려온 조영규에게 어서 개경으로 모시고 갈 채비를 갖추라고 명령했다.

"며칠 후면 일어날 수 있다는데 이러는구나."

이성계는 누워서 흰자위가 크게 드러나도록 흘기는 눈으로 이방원을 올려다보았다.

"어머님께서 매우 걱정하며 기다리고 계십니다."

이방원이 말하는 어머니는 계모 강씨를 이르는 것이었다. 그는 전에 좀처럼 '어머니'란 말을 하지 않았는데, 친모 한씨가 세상을 떠난 후부터는 깍듯이 계모를 대하였다.

"그러한가? 네 동생들은 잘 있느냐?"

이성계는 둘째 부인에게서 낳은 방번과 방석의 안부를 묻고 있었다.

"동생들은 잘 있습니다. 지금 그 애들을 걱정할 때가 아니옵니다. 어서 서두르시지요. 제 등에 업히시옵소서."

이방원은 부친을 향해 등을 돌려댔다.

"왜 이리 서두르느냐?"

"이곳 사처가 집만 하겠습니까? 더구나 아버님께서 이렇게 조정에서 멀리 떨어져 계신 것과 댁에 계신 것과는 천차만별2입니다. 아버님의 낙상 소식을 듣자마자 포은 세력이 삼촌과 조준 등을 유배 보내질 않았사옵니까? 아버님만 개경에 계셨더라도 저들은 감히 그런 오만한 행동을 하지 못했을 것이옵니다. 아버님이 없는 개경에서 지금 저들은 희희낙락3하고 있습니다."

"희희낙락하다니?"

이성계는 그러면서도 누워서 개경 소식을 다 듣고 있어서 조정의 사정을 웬만큼 꿰뚫어 보고 있었다. 다만 아들

---

2 천차만별(千差萬別): 모든 사물들 사이에는 차이가 있고 구별이 있음.

3 희희낙락(喜喜樂樂): 매우 기뻐하고 즐거워함.

이방원의 그 말이 가볍게 들려 그렇게 되물었을 뿐이었다.

"왜 아니 그렇겠습니까? 같은 목은 문하이면서도 포은과 삼촌은 견원지간[4]이옵니다. 아버님께서 개경에 계셔야만 포은이 더 이상 딴마음을 먹지 못하옵니다."

이방원은 마음이 급한 나머지 부친의 말투에 핀잔의 뜻이 섞인 것을 느끼지 못하고 있었다.

이성계는 자신도 모르게 한숨을 쉬었다. 방금 아들이 말한 포은 정몽주와 삼봉 정도전의 아슬아슬한 긴장 관계를 그 역시 모르지 않고 있었기 때문이다.

"수레를 대령했사옵니다."

뜰 아래서 우렁찬 조영규의 목소리가 들려왔다.

"어서 업히시옵소서."

이방원이 채근하였고, 이성계도 못 이기는 척 아들의 등에 업혔다. 사나흘 더 누워서 몸조리하다 개경으로 돌아갈 생각이었는데, 아들의 말을 듣고 보니 조정이 걱정되지 않을 수 없었다.

이성계는 개경으로 입성하여 곧바로 자택으로 들어갔다.

---

4 견원지간(犬猿之間): 개와 원숭이의 사이라는 뜻으로, 사이가 매우 나쁜 두 관계를 비유적으로 이르는 말.

부인 강씨가 버선발로 달려 나왔고, 아직 나이 어린 방번과 방석도 어머니 뒤를 따르고 있었다.

수레에서 내린 이성계는 다시 이방원에게 업혀 방 안으로 들어갔다. 강씨는 이성계 곁에서 이것저것 여종들에게 지시를 내리며 수발들기에 바빴다.

10. '하여가'와 '단심가'

　이성계가 개경으로 돌아왔다는 소식이 조정에 전해지자, 정몽주를 위시한 온건파 세력들은 일순 긴장하지 않을 수 없었다.

　"아예 이 기회에 이성계를 끈 떨어진 뒤웅박 신세로 만들어야 합니다."

　온건파 대신 중 한 명이 정몽주를 향해 말했다.

　"지금 이성계는 병상에 누워 있지만, 그 세력은 여전히 강건합니다. 그를 따르는 무장들은 굳세고, 아들 이방원의 사병 조직은 무기가 날카롭고 몸이 날래다고 소문이 나 있습니다."

　"그래도 지금 이성계의 좌우 양팔이 유배가 있고, 그 팔이 잘리면 무장 세력들도 힘을 제대로 쓰지 못할 것입니다. 당장이라도 사람을 유배지로 보내 조준과 정도전 등을 국문해 반역죄로 다스리도록 해야 합니다. 저들은 고려왕조를 멸망시키기 위해 우왕과 창왕을 폐위시키는 것도 모자라……."

"그만하시게. 대사란 것은 순서가 있는 법이네. 조만간 병상에 계신 이성계 장군에게 문병을 가도록 하겠네."

정몽주의 시름은 깊어졌다.

정치적 목적이 아니더라도 정몽주는 사사롭게도 이성계와 가까운 관계였다. 그러므로 마땅히 문병을 가는 것이 옳다고 생각했다.

그 소문은 곧 이방원의 귀에도 흘러 들어갔다.

"포은이 문병을 온다고? 하룻강아지 범 부서운줄 모르는군!"

이방원은 저 혼자 그렇게 지껄이며 입을 앙다물었고, 그 즉시 부친의 병상을 찾았다.

"조정 소식은 듣고 있느냐?"

이성계는 병상에서도 나랏일이 어떻게 되어 가는지 매우 궁금했던 것이다.

"머지않아 포은이 아버님께 문병을 올 것이라는 소문입니다."

"정몽주가? 고마운 일이로군. 내가 북방의 여진족이나 남방의 왜구를 토벌할 때 조전원수로 참여해 전쟁터에서 생사고락을 같이 한 인연이 아닌가."

이성계는 끝까지 정몽주를 자기편으로 간주하고 싶었다.

"아버님! 포은은 삼봉 삼촌을 유배 보낸 원흉입니다. 소자가 몰래 삼촌의 유배지로 사람을 보내 알아보니, 저들이 몰래 대간 벼슬아치들을 보내 국문까지 해 반역죄를 물어 죽이려고 했다 하옵니다. 그러한 마당에 이젠 아버님께서도 더 이상 포은을 감싸려고 하시면 안 될 것이옵니다."

"무엇이? 너는 물인지 불인지도 모르고 막 대드는 그 성질부터 죽여야겠다. 포은이 내게까지 위해를 가할 인물은 아니니라."

이성계는 고개를 좌우로 저었다.

"아버님! 전제 개혁에 앞장섰던 조준과 삼봉 삼촌은 아버님의 좌우 어깨라고 사람들이 다 인정하고 있습니다. 포은의 세력에 의해 그 양팔이 잘릴 위기에 처했는데, 아버님께 위해를 가하지 않다니요? 그들은 지금 우회적으로 아버님을 공격하고 있는 것이옵니다. 아버님이 낙상 사고를 당하신 것을 기회로 저들이 행동 개시를 한 것도 다 그러한 증좌입니다."

이방원도 더 이상 물러설 길이 없다고 판단했다. 그래서 평소 어렵게 생각하고 있던 부친에게도 이제 할 말은 하겠다는 배짱이었다.

"매사 신중히 처리해야 하느니라. 경거망동은 금물이다.

이제 너도 여막으로 돌아가 남은 기간의 시묘살이를 마쳐야 하지 않겠느냐?"

이성계는 더 이상 아들과 설전을 벌이다가는 가슴 밑에 응혈처럼 가라앉아 있던 울화가 치밀어 올라올 것만 같았다. 그러나 이방원은 아무 대답도 하지 않고 그 자리에서 일단 물러났다.

며칠 후 저녁 무렵, 정몽주가 이성계의 저택으로 문병을 왔다. 이방원이 부친의 병상으로 그를 안내하였다.

정몽주가 문병하는 사이, 이방원은 밖에서 대기하고 있었다. 나직나직하게 얘기하였으므로 이성계와 정몽주가 무슨 이야기를 나누는지는 알 수 없었다.

잠시 후 문병을 마치고 나오는 정몽주에게 이방원이 말했다.

"대감, 아버님의 문병을 와주셔서 고맙습니다. 제가 약주라도 한잔 올리고 싶사옵니다만……. 미리 술상을 봐 놓았습니다. 부디 거절하지 마시기를 부탁드립니다."

이방원의 이 같은 말은 공손했으나, 정몽주로 하여금 거부할 수 없도록 만드는 은근한 압박감이 느껴졌다.

"그리하시오."

정몽주는 아들뻘이라 어려서는 '하게'를 붙였으나, 이방원이 우대부언의 벼슬자리에 오르면서 그에 대해 예우해주었다.

이방원은 조용한 객사의 방으로 정몽주를 이끌었다. 방 안에는 술상이 차려져 있었고, 주변에는 아무도 없었다. 일부러 수하의 졸개들을 가까이 오지 못하게 하여 정몽주로 하여금 안심하도록 했던 것이다.

술이 몇 잔 돌아간 다음 이방원이 마치 술에 취하기라도 한 것처럼 정몽주를 향해 말했다.

"대감! 제가 감히 시 한 수 올려도 되올는지요?"

"허허허, 그리하시오."

정몽주도 너털웃음을 웃었다.

이런들 어떠하리 저런들 어떠하리

만수산 드렁칡이 얽어진들 어떠하리

우리도 이같이 얽혀서 백 년까지 누리리라

이방원의 시를 듣고 나서 정몽주도 그 뜻을 알아듣고 이번에는 자신이 답가로 시를 읊었다.

이 몸이 죽고 죽어 일백 번 고쳐죽어

백골이 진토 되어 넋이라도 있고 없고

님 향한 일편단심이야 가실 줄이 있으랴'

이것은 고구려 안장왕 때 백제의 한씨녀가 읊었다고 전
해지는 시였다. 그것이 인구에 회자되어 당시 고려 사회에
서는 누구나가 아는 시가로 유명하였다.

정몽주는 이방원이 읊은 일명 '하여가'의 의미를 잘 알고
있었고, 자신은 그에 대한 마땅한 답을 시로 표현해야 하지
만 애써 자작으로 읊을 필요까지는 없다고 생각했다. 그래
서 백제 한씨녀의 시로 일명 '단심가'라 하여 그에 대한 답
을 대신한 것이었다.

이방원도 정몽주가 읊은 '단심가'의 사연을 익히 듣고 있
었으므로 그 의미를 잘 알았다. 그러나 불쾌하였다. 자신은
직접 지어서 정몽주의 심정을 물었는데, 그에 대한 답을 시
중에 떠도는 옛 여인네의 시로 대신했다는 것은 대놓고 그
를 무시하고 있다는 증좌가 아닐 수 없었다. 더구나 같이
어울려 나라를 잘 이끌어 보자는 '하여가'를 통한 질문에
대한 답은 정반대였던 것이다.

정몽주는 '단심가'를 읊은 후 곧바로 일어섰다. 이제 더
이상 이방원과 할 이야기가 없다는 뜻이었다.

정몽주가 가고 나서 이방원은 급히 수하의 졸개들을 집합시켰다. 해는 노루 꼬리보다 더 짧게 남아 서산으로 기울고 있었다.

"곧 어둑해지려고 한다. 포은이 지금 자택으로 간다면 아마도 선지교(지금의 선죽교)를 지나게 될 것이다. 지름길로 가서 다리 밑에 숨어 있다가 소문나지 않게 해치우도록 하라!"

이방원은 미리 수하들과 계획을 해둔 일이라 더 이상 길게 말할 필요도 없었다.

"네! 분부대로 거행하겠사옵니다!"

이렇게 말한 것은 심복 조영규였다. 그는 곧 졸개들을 데리고 이성계의 저택을 빠져나갔다.

한편 정몽주는 선지교 가까이에 와서 경마잡이로 말의 고삐를 잡고 있는 녹사 김경조에게 말했다.

"너는 이 말을 끌고 다른 길로 가거라."

"대감! 왜 갑자기 그러시옵니까?"

"저 다리 밑에는 이방원이 보낸 무사들이 나를 죽이려고 기다리고 있다. 너는 살아야 하지 않겠느냐? 말은 또 무슨 죄냐?"

정몽주의 말에 김경조는 아연실색하지 않을 수 없었다.

"대감마님! 정녕 그러하다면 저도 대감님과 함께 죽겠사옵니다. 그러나 만약 저 다리 밑에 이방원의 무사들이 숨어 있다면, 여기서 우회해서 가도 되지 않겠사옵니까? 왜 굳이 저 다리를 지나가려 하시옵니까?"

"우회해도 저 무리를 따돌릴 수 있겠느냐? 나는 오늘 이성계 장군을 문병하러 가면서 죽기로 했느니라. 나의 죽음이 고려왕조를 보존하는 버팀목이 될 수 있다면 기꺼이 바치겠노라."

"하지만, 다시 고쳐 생각해주시면 안 되겠사옵니까? 후일을 도모하셔야지요."

"아니다! 이미 끝났다. 너는 말을 내게 주고 혼자서라도 살아서 무사히 집으로 돌아가도록 하거라."

정몽주는 김경조에게서 말고삐를 빼앗았다. 그러고는 더 이상 뒤도 돌아보지 않고 선지교 다리 위로 천천히 말을 몰았다.

선지교 입구까지 왔을 때 조영규를 위시한 대여섯 명의 무사들이 나타나 길을 막았다. 정몽주는 무사들이 휘두르는 철퇴에 머리를 맞고 말 위에서 떨어졌다. 이때 녹사 김경조도 무사들과 일전을 벌이다 칼에 맞아 즉사하였다.

11. 역성혁명

"네, 이놈! 어찌 그런 무지막지한 짓을……."

이성계는 병상에서 벌떡 몸을 일으키려고 하다가 털썩 고개를 베개에 떨어뜨리고 말았다. 허리가 아파 도무지 일어날 수가 없었던 것이다.

"아버님! 저로서도 어찌할 수 없는 일이었습니다."

이방원이 무릎을 꿇고 머리를 조아렸다.

"네놈이 어찌 인두겁을 쓰고 그런 짓을 할 수 있단 말이더냐? 아아, 죽어서 포은을 어찌 볼 것인가?"

이성계가 불같이 화를 내는 것은 정몽주의 죽음 때문이었다. 비록 그가 무장이라 전쟁터에서 죽고 죽이는 가운데 숱한 죽음을 목격했지만, 전해지는 말만 듣고도 선지교에서 정몽주의 살해 장면이 끔찍하게 그려졌다.

"많은 사람을 살리기 위해서는 그 방법밖에 없었사옵니다."

이방원은 자신의 결단에 대해 후회하는 마음이 없었다.

이미 세상은 달라져 있었다. 당시 나이 26세에 불과했던 이방원은 정몽주의 참살을 계기로 주도권을 쥐고 고려 조정을 좌지우지했다. 이방원의 한 마디는 무소불위의 권력을 쥔 이성계의 명령이나 다름없었다. 부친 이성계가 병석에 있었으므로, 그의 여러 자식 중에서도 특히 정몽주를 제거한 이방원의 목소리가 클 수밖에 없었다.

당시 고려 조정에서도 정몽주가 죽고 나서 권력의 중심이 완전히 바뀌었다. 정몽주의 세력인 온건파들은 기둥뿌리가 뽑혀 지붕이 폭삭 무너진 집과 다름없었다. 그 빈자리를 이성계의 세력이 차지했다.

병상에서도 이성계는 여전히 수문하시중의 벼슬자리를 고수하고 있는 최고 권력자였다. 결국 그는 정몽주가 죽은 마당에 현실을 인정하고, 누워서 아들 이방원을 통해 자신의 의견을 조정에 전하였다.

우선 이성계는 선지교에서 참변당한 정몽주를 개경의 저잣거리에서 효수케 하였다. 정몽주가 살해당한 것은 파당을 짓고 대간을 유인하여 충성스런 신하들을 모함하여 나라를 교란시킨 죄로, 마땅히 효수시킴으로써 왕과 백성들에게 널리 알리자는 이방원의 전략에 손을 들어주었던 것이다.

이처럼 정몽주의 시신을 효수한 것은 숙청의 시작에 불과하였다. 그 직후 대대적인 숙청이 단행되었다. 온건파 세력을 숙청하고, 혹시 있을지 모를 반역의 싹을 자르기 위해 왕의 종실들도 멀리 유배를 보냈다.

이제 급진파 신하들 사이에서 외로워진 공양왕은 그들의 눈치를 보며 병상에 있는 이성계를 고려 최고의 벼슬인 문하시중에 제수하였다. 이때 이성계는 자신이 앉을 자리가 아니라며 사직을 원했으나, 공양왕은 그대로 그 벼슬을 유지하게 하였다. 그리고 나서도 공양왕은 자신이 급진파에 의해 쥐도 새도 모르게 죽을지도 모른다는 불안 때문에 스스로 그 수장이라 할 수 있는 이성계의 저택으로 문병을 가서 눈물을 보이기도 했다.

1392년(공양왕 4년) 6월, 정도전은 해배되어 개경으로 돌아왔다. 공양왕은 그에게 미두 100가마니를 주고, 충의군에 봉했다. 죽음의 수렁에서 유배지를 전전하던 정도전은 이미 혁명의 마지막 걸림돌이었던 정몽주마저 제거된 뒤였으므로 더 이상 두려울 상대가 없었다.

결국 공양왕은 마지막으로 왕권을 유지할 수단을 강구하기 위해 이방원과 지평 벼슬에 오른 조용을 불러 말하였다.

"이 시중과 동맹을 맺고자 한다. 경들이 내 말을 시중에게 전하라. 시중의 말을 듣고 맹세의 초고를 써서 가져오도록 하라."

공양왕은 문하시중 이성계와 동맹관계를 맺어서라도 고려 왕권을 유지하고 싶었던 것이다.

"동맹이란 각기 나라의 군주 간에 하는 것이옵니다. 군신 동맹은 전례에 없는 줄로 아옵니다."

조용의 이 같은 말에도 불구하고 공양왕은 자신의 뜻을 그대로 이성계에게 전하게 하였다.

아들 이방원을 통해 공양왕의 동맹을 맺자는 뜻을 접한 이성계는 병상에 누운 자세로 다음과 같이 말했다.

"내가 무슨 할 말이 있겠는가? 네가 알아서 초고를 작성해 올리도록 하라."

이성계는 이제 이방원에게 공양왕과 자신의 동맹에 대한 초고를 맡겨버렸다. 이방원은 조용과 함께 의논하여 초고를 작성했는데, 그 내용은 다음과 같았다.

경이 없으면 내가 여기 어떻게 있겠는가? 경의 공과 덕은 내가 감히 잊을 수 있겠는가? 황천(천신)이 위에 있고, 후토(지신)가 옆에 있으니 서로 세세토록 자손에게 해를 입히지 말자. 내가 경에게 부담을 준다면 이 맹이 있도다.

이방원과 조용이 쓴 초고를 본 공양왕은 간단하게 일렀다.

"가하다. 이대로 시행하라."

이렇게 군신 간에 동맹을 맺고 나서 불과 일주일 후의 일이었다.

마침내 정도전은 조준·남은 등과 함께 그해 7월 17일 문하시중 이성계를 새로운 왕으로 추대하였다. 군신동맹이 무시되고, 고려왕조가 왕씨에서 이씨로 바뀌는 역성혁명이 일어난 것이었다. 이 혁명을 주도한 세력은 정도전을 비롯한 52명의 대소신료였다.

개국공신에 책봉된 대소신료들은 먼저 공양왕으로부터 옥새를 넘겨받아야만 하였다. 이때 공양왕이 군신동맹에도 불구하고 끝내는 이성계에게 양위를 할 처지에 놓이자, 왕대비 안씨가 옥새를 가져가 자신이 일단 국정에 직접 관여하였다.

왕대비 안씨는 공민왕의 중 네 번째 후비로 유일하게 살아남았는데, 고려왕조의 상징적인 존재라고 할 수 있었다. 우왕과 창왕의 폐위도 안씨의 허락이 떨어져서 결정되었으며, 공양왕 역시 그와 같은 처지에 놓이게 되었던 것이다.

마침내 그해 7월 16일 이성계를 왕으로 추대하려는 급진파 대신 중 배극렴이 왕대비 안씨를 찾아가 공양왕의 폐위를 주청하였다. 결국 안씨는 공양왕을 폐위한다는 교지를 내렸다. 곧 문무백관들은 왕대비 안씨로부터 받은 옥새를 들고 이성계의 저택을 찾아갔다.

그러나 이성계는 왕위를 사양한다는 뜻으로 대문을 굳게 잠근 채 열어주지 않았다. 백관들이 기다리다 못해 대문을 부수고 들어가자, 그때야 이성계는 어쩔 수 없다는 듯 몇 번의 사양 끝에 옥새를 인수함으로써 만인지상의 자리를 앉게 되었다.

다음날인 7월 17일 이성계의 즉위식이 열렸다. 병상에 있던 이성계는 그날 몸소 수창궁으로 나와 즉위식에 참여하여 다음과 같이 말했다.

"내 몸이 성하지 못해 도망가지 못하고 이런 경우를 당하는구려."

이성계는 자신이 문무백관들의 추대에 의하여 어쩔 수 없이 왕위에 오르게 되었다는 최대한의 겸손을 그런 식으로 표현하였다.

이것으로 고려왕조 500여 년은 막을 내리고, 새로운 조선왕조가 시작되었다. 국호를 '조선'으로 정한 것은 옛날 단군왕검이 세운 조선의 맥을 이어받는다는 깊은 의미를 담고 있었다.

그로부터 한 달 뒤인 1392년 8월 7일, 고려왕조의 마지막 왕인 공양왕은 '공양군'으로 강등되어 강원도 원주로 유배되었다. 역성혁명을 주도한 이성계의 급진파 세력은 만약의 경우 반역을 모의하는 세력이 있을 수도 있다고 생각하였다. 반역의 씨가 되는 공양왕을 제거해야만 완벽한 역성혁명이 이루어지는 것이었다. 그러나 명분 없이는 함부로 공양왕을 죽일 수가 없었다. 백성들의 여론이 부담되었던 것이다.

이성계가 왕위에 오른 지 2년이 지나도록 고려 왕실을 그리워하는 여론이 끊이지 않았고, 나라를 빼앗긴 왕씨들을 중심으로 반역을 꿈꾼다는 근거 없는 의혹까지 도처에서 쏟아져 나왔다.

설왕설래 끝에 새로운 왕조 조선을 경영하기 위해서는 수도 역시 개경에서 한양으로 옮겨야 한다는 결정이 났다. 바로 그 직후인 1394년 1월의 일이었다. 동래 현령 김가행과 소금을 관리하는 염장관 박중질이 새해를 맞아 맹인 점쟁이를 찾아가 남아 있는 왕씨 왕족 중에서 누가 귀한 사주를 갖고 태어났는가를 물었다가 발각이 나고 말았다.

사실 따지고 보면 그리 대단한 사건도 아니었다. 그러나 이성계를 떠받드는 문무 대신들은 그 기회에 공양왕 일족을 없앨 궁리를 하였다. 먼저 사건의 발단이 된 김가행·박중질과 점쟁이가 거론한 왕씨 중 왕화·왕거 등이 참수형에 처해졌다. 그러고 나서 그 불씨는 폐위된 공양왕, 정확하게는 공양군의 가족에게로 번져나갔다. 강원도 원주에 있던 공양왕과 두 아들은 삼척으로 유배지를 옮기게 되었다. 이 때 그들을 호위해간 군사들은 삼척 바다가 보이는 언덕의 소나무 숲에서 세 명을 살해하였다. 그래서 그 이후 이 언덕을 사람들은 '살해재'라고 부르게 되었다.

12. 한양 천도

"새 술은 새 부대에 담아야 합니다. 이곳 개경은 고려의 도성, 새롭게 왕조를 여신 전하께선 새로운 도성에서 천년 사직의 토대를 쌓아가야 합니다. 이미 개경에선 쉰내가 진동하고 있사옵니다. 고려 권문세족들의 부패와 타락이 풀풀 냄새를 풍기는 곳이 바로 이 개경입니다. 저들의 썩은 냄새가 완전히 청산됐다고 보는 것은 오산입니다. 부패 권력이 새로운 부패 권력을 만듭니다. 부디 조선왕조의 도성을 새로운 곳에 열어 억조창생의 역사를 만드시길 바라는 바이옵니다."

정도전이 조선의 왕 이성계에게 머리를 조아렸다.

조선을 건국한 이성계는 자주 정도전과 독대를 가졌다. 이성계가 칼로 상징되는 무력으로 고려왕조를 무너뜨리고 조선왕조를 열었다면, 정도전은 붓으로 상징되는 유교의 힘으로 새로운 나라를 여는 설계자 역할을 하였다.

조선왕조 창업과 더불어 정도전은 왕을 보좌하는 최고의 실권자로서 새로운 왕조의 기초를 다지는 일에 전력투구[1]

하였다. 1392년(태조 원년)에 그는 여러 직책을 겸임하면서 조선왕조의 실권을 장악하였다. 즉 그는 1품에 해당하는 숭록대부로서 문하부의 시중 다음 자리인 문하시랑찬성사, 최고 정책 결정 기구의 수장인 동판도평의사사사, 국가경제를 총괄하는 판호조사, 인사행정을 총괄하는 판상서사사, 문한의 책임을 맡은 보문각대학사, 왕을 교육시키고 역사를 편찬하는 지경연예문춘추관사, 그리고 거기에다 이성계 개인의 무장 세력인 의흥친군위의 두 번째 책임자인 절제사 직책까지 겸임하였다.

이처럼 정도전은 태조 이성계의 심복으로 절대적인 신임을 받았다. 이성계는 따로 그가 '봉화 정씨'라 하여 '봉화백'이라는 작위를 내려, 사실상 왕 다음가는 최고 권력을 행사할 수 있도록 권한을 주었다. 건국 초기에는 병권을 가진 자가 권력의 핵심인데, 이성계의 친병인 의흥친군위의 최고책임자는 그의 배다른 동생인 이화가 맡았다. 그리고 그 밑에 정도전과 이지란이 절제사가 되어 병권의 제2인자 역할을 하였다. 이지란은 여진족 출신인 퉁두란이 이성계

---

1 전력투구(全力投球): 모든 힘을 다 기울임.

와 의형제를 맺은 후 바꾼 이름이었다.

아무튼 정도전은 문무를 두루 책임지는 여러 직책을 겸하고 있어, 사실상 조선왕조의 기초를 다지는 실력자로 급부상하였다. 따라서 그의 말이라면 태조 이성계도 믿고 따랐다.

"새로운 도성을 설계하려면 풍수지리도 무시할 수 없는 일이라 생각하오. 풍수지리는 미신이 아니라 과학이고, 외적으로부터 방위가 튼튼해야 하므로 군사적 요충지가 되어야만 할 것이오. 봉화백께서 양주 회암사에 있는 무학대사를 직접 만나 천도 계획을 긴밀히 논의토록 해보시오."

태조 이성계가 천거한 무학대사는 조선왕조 개국과 함께 왕사가 되었다. 무학대사는 공민왕의 왕사였던 나옹화상의 제자로 오래전 이성계의 부친 이자춘의 묏자리를 봐준 것이 인연이 된 이후 가깝게 지내고 있었다. 그런 인연으로 하여 이성계는 조선 창업과 함께 1398년 10월에 정치에 깊숙이 관여한 신돈 등을 신랄하게 비판한 무학대사를 왕사로 추대하였던 것이다.

그러나 정도전은 마음속으로 무학대사를 마땅치 않게 여기고 있었다. 고려는 불교를 숭상하여 나라의 기틀을 다진 국가였다. 그러나 창업 500여 년이 지나면서 불교철학을 등에 업은 승려들이 정치 일선에 등장하여 무소불위의 권력을 휘두르면서 결국 패망의 길로 접어들었다. 그 원흉이 바로 공민왕 때 개혁정치를 부르짖은 요승[2] 신돈이었다.

유교를 숭상하는 신진사대부로 조선왕조를 여는데 가장 큰 공을 세운 정도전은, 당시 권문세족의 수장이었던 최영의 죽음과 그 억울한 죽음이 백성들 사이에서 우상화되어 무당들에게 신격화되어 받들어지는 현상이 바로 불교의 폐단을 적나라하게 보여주는 것이라고 판단했다. 그러므로 승려의 신분으로 풍수사상에 경도되어 묏자리나 집터를 잡아주는 일도 그와 크게 다르지 않다는 생각에서 무학대사를 바로 보지 않았다.

그러나 명색이 태조 이성계의 왕사로 무학대사가 큰 신임을 얻고 있었으므로, 정도전으로서도 결코 무시할 수만 없는 일이었다. 이성계를 위시하여 왕후 강씨나 왕자들이 대체로 불교 신앙에 젖어 절을 자주 찾는 것도 난감한 일 중의 하나였다. 장차 유교를 국교로 정하여 억조창생의 새 역사를 써나가야 할 마당에, 왕실의 불교 숭상은 큰 걸림돌

---

2 요승(妖僧): 정도를 어지럽히는 요사스러운 승려.

일 수밖에 없었던 것이다.

　정도전은 조선왕조의 새로운 도성으로 한양이 가장 적합하다고 판단했다. 이미 1390년(공양왕 2년) 9월부터 이듬해 2월까지 한양으로 천도했던 과거가 있으므로, 더 이상 다른 지역을 찾을 필요도 없이 도성으로 가장 적합하다고 생각했다. 문제는 궁궐의 위치와 전각들의 배치 등을 조선왕조의 권위와 품격에 어울리도록 세밀한 설계도를 그려야 한다는 데 있었다.

　그러나 무학대사는 정도전과 생각이 달랐다. 이성계에게 개경은 지덕이 이미 쇠퇴하여 새 왕조를 열기 불길하니 천도를 해야 한다고 강조한 것은 무학대사였다. 정도전의 생각에도 개경은 권문세족의 일파들이 오래도록 기반을 둔 지역이라 그들이 언제 다시 권토중래3를 꿈꿀지 알 수 없는 노릇이었다. 이씨왕조를 설립한 이상 새로운 도성에서 신진사대부들과 함께 유교 국가를 열어야 한다는 것이 정도전의 굳은 결심이었다. 다만 근심이 되는 것은 이성계가 불교에 심취하여 무학대사의 말을 곧이곧대로 믿으려 한다

---

3 권토중래(捲土重來): 흙먼지를 일으키며 다시 돌아옴. 즉 실패하고 떠난 후 실력
　을 키워 다시 도전하는 모습.

는 것이었다.

　일단 정도전은 어명을 무시할 수 없어 무학대사를 만난 자리에서 각자 조선왕조를 길이 빛낼 도성의 길지를 찾아보자고 제안하였다. 그러나 그는 무학대사가 어찌 나오나 볼 심산이었지, 한양 말고 다른 도성을 생각해 본 적이 없었다. 그는 고려 우왕 때 이인임 세력의 미움을 받아 전라도 나주 거평부곡으로 유배를 갔다 해배되어 돌아왔을 때 잠시 삼각산 밑에 초막을 짓고 살았던 적이 있었는데, 그때 이미 한양 땅을 길지로 점찍어두고 있었다.

　한편 무학대사는 신령스런 산으로 여겨지는 충청도의 계룡산 인근이 새 도읍지로 적당하다고 생각하였다. 이성계도 처음에는 그 의견을 받아들여 계룡산 남쪽을 새 도읍지로 정하고 궁궐 공사를 시작했다. 그러나 1393년 말쯤 정도전을 위시한 신진사대부들 사이에서 계룡산은 개경에서 너무 멀고, 풍수지리상으로도 크게 이롭지 않다는 의견이 나왔다. 특히 개국공신인 하륜은 직접 계룡산 궁궐터를 돌아본 후 이성계에게 다음과 같이 고하였다.

　"국토 전체를 놓고 볼 때 계룡산은 너무 남쪽에 치우쳐 있고, 배산임수의 풍수지리 관점으로도 마땅치 않습니다."

　그러면서 하륜은 한양 땅이 북쪽으로 삼각산을 병풍처럼

두르고 있고 남쪽으로 한강의 물줄기가 흘러, 배산임수는 물론 군사지리적 요충지로서도 적격이라고 주장하였다.

무학대사도 계룡산 인근에는 큰 강이 없어 조세미를 운반할 수상운송이나, 군사적 요충지로서의 지리적 조건이 갖추어져 있지 않다는 데 동의하였다. 하륜의 의견처럼 삼각산 인근이 배산임수 조건에도 맞고, 한양 땅의 경우 강과 바다 양쪽으로 세곡선 항로가 열려 있어 조세미를 거두어들이는데 용이하다는 것을 인정하였던 것이다.

어느 날 한강 이북의 한양 땅을 둘러본 무학대사는 목멱산을 왼쪽으로 낀 길로 들어섰다. 목멱산과 저 멀리 보이는 삼각산 사이에 큰 들판이 있어 좌우를 이리저리 둘러보며 걷고 있는데, 무학대사의 귀에 언뜻 들리는 소리가 있었다.

"이랴, 이랴! 이놈의 소가 꼭 무학 같구나. 왜 바른길을 놔두고 굽은 길로 가려고 하느냐?"

요령 소리가 들렸고, 소를 몰고 가는 노인이 고삐를 잡고 가면서 하는 말이었다.

"노인장, 지금 뭐라고 하셨소이까?"

무학대사가 물었다.

"이 소가 제 갈 길을 놔두고 다른 길로 가려고 하기에 꼭 미련하기가 무학 같다고 했소이다."

"그것이 대체 무슨 말씀인지요?"

무학대사는 짐짓 자신을 드러내지 않고 물었다.

"요즘 무학이란 놈이 새 도읍지를 찾는다고 계룡산인지 뭔지 엉뚱한 곳에 가서 헤맨다고 들었소. 늘 다니던 길인데 느닷없이 다른 길로 가려고 하는 이 소와 무엇이 다르겠소?"

"노인장! 실은 내가 무학이오만. 계룡산을 둘러보고 오는 길에 이곳을 지나쳤는데, 나중에 생각하니 이곳 한양 땅이 새 도읍지로 마땅하단 생각이 들었습니다. 그래서 궁궐이 들어설 만한 자리를 알아보고 있는 중입니다만. 노인장은 이곳에 사시니 묻겠습니다. 궁궐터로 어디가 좋을 것이라고 생각하시는지요?"

"이곳으로부터 서북쪽으로 10리만 더 가보시오."

무학대사는 노인이 범상치 않은 인물이라 여기고, 곧 그의 말에 따라 10리를 더 갔더니 정말 그다지 높지 않으나 산세가 범상치 않은 봉우리 밑에 널찍한 자리가 보였다. 그 이후부터 바로 무학대사가 소 몰고 가는 노인을 만났던 곳을 '왕십리'라고 부르게 되었다.

무학대사도 이성계에게 최종적으로 보고하기를 하륜의 의견처럼 한양 땅이 도읍지로 적당하다고 말했다. 이성계는 1394년 8월 직접 한양 땅을 돌아보고 나서 주산이 무악산이 되었든, 인왕산이나 북악산이 되었든 문무대신들이 의논을 하여 궁궐터를 정하라고 명하였다. 이렇게 명한 것은 궁궐터의 주산으로 각기 주장하는 바가 달라 서로 팽팽하게 맞섰기 때문이다. 즉 하륜은 무악산을, 무학대사는 인왕산을, 정도전은 북악산을 주산으로 하여 그 아래 궁궐을 지어야 한다고 자기주장을 끝까지 굽히지 않았다.

무악산을 주산으로 할 경우 궁궐은 해가 지는 서남쪽이 되므로 마땅치 않다고 해서 일찌감치 논외로 정리되었다. 그다음에 인왕산을 주산으로 한 동쪽으로 궁궐터를 잡는 것이 좋다는 무학대사의 의견과 북악산으로 주산으로 하여 남쪽으로 궁궐터를 정하자는 정도전의 의견이 팽팽하게 맞섰다.

"인왕산을 주산으로 할 경우, 그 서남쪽 끝자락에 우뚝 선 선바위는 불교의 선승 모습을 하고 있어 많은 신자들의 기도처로 이용되고 있습니다. 고려가 망한 것이 불교가 너무 승했기 때문인데, 만약 그곳이 궁궐 주산으로 들어오게 되면 앞으로 조선은 승려들이 득세하는 세상이 될 것입니다. 조선은 유교를 덕목으로 하여 국가 기강을 바로잡는 나라가 되어야 하므로, 북악산을 주산으로 하여 궁궐터를 남향으로 지어야 합니다."

이와 같은 정도전의 말은 신진사대부들에게 제대로 먹혀들었다. 인왕산을 주산으로 할 경우 선바위 때문에 조선 천지가 불교의 세상이 될 것이라는 말에, 유교를 숭상하는 문무대신들은 모두들 정도전의 손을 들어주었던 것이다.

결국 무학대사의 인왕산을 주산으로 하는 궁궐터 주장은 받아들여지지 않았다. 그 주장이 무산되자 무학대사는 다음과 같이 말했다.

"그렇게 되면 앞으로 200년 후에 반드시 큰 난리를 겪을 것이다."

정도전의 주장이 받아들여진 데 대한 실망 끝에 나온 무학대사의 예언적인 발언이었다.

이성계는 최종적으로 문무백관들의 뜻을 받아들여 정도전이 주장한 북악산을 주산으로 하고 낙산과 인왕산을 좌청룡 우백호로 하여 그 가운데 궁궐을 짓기로 하였다. 그리고 궁궐 남쪽의 목멱산(남산)을 안산으로, 바로 그 뒤로 흐르는 한강을 임수로 하여 풍수지리적으로도 가장 적합하다고 보았던 것이다.

13. 왕자의 난

　조선왕조의 설계자 정도전은 조선의 궁궐을 지을 때부터 유교 정신을 철저하게 반영시켰다. 그는 고려왕조가 불교 정신을 정책적 기둥으로 삼아 500여 년을 유지해 오다가 공민왕 때 괴승 신돈의 정치 참여와 개혁 추진이 망국의 길로 접어들게 만들었다고 판단했다. 따라서 조선왕조는 불교를 배척하고 유교를 숭상하는 정책으로 나라의 기틀을 다져야 한다는 생각에 한양으로 도읍지를 옮기면서 새로운 왕조의 상징인 궁궐을 건설할 때 유교 정신을 바탕으로 삼아야 한다는 신념을 굳건히 하였다.

　이성계는 1394년(태조 3년) 9월 한성에 조선왕조의 새로운 궁궐을 짓게 하였고, 이듬해인 1395년 9월 29일 준공을 보았다. 이때 이성계는 정도전에게 명하여 궁궐과 전각 이름을 짓게 했다.

　왕명을 받은 정도전은 조선 정궁의 이름을 '경복궁'이라 지었다. 이는 『시경』에 나오는 '이미 술에 취하고 덕에 배부르니 군자는 만년토록 그대의 큰 복을 누리리'라고 하는 시구에서 따온 것이다. 또한 전각 이름들도 그 용도에 따라 유교 정신이 담긴 깊은 뜻이 아로새겨져 있었다. 왕과 대신들이 정무를 관장하는 '근정전'은 『서경』에서 따온 것으로, 부지런함의 미덕을 강조하였다. 평소 왕의 집무실인 '사정전', 왕과 왕비의 생활공간인 '강녕전'과 '교태전' 등도 유교덕목의 깊은 의미를 담고 있는 전각들이었다.

정도전을 조선왕조의 설계자로 부르는 또 하나의 치적은 새로운 왕조의 정책을 집대성한 법전 역할을 하는 '조선경국전'을 지었다는 점이다. 그는 특히 이 법전에서 '의정부'를 통한 재상의 정치를 강조하는 '재상론'을 내세웠다. 그 아래 다시 '이·호·예·병·형·공'의 6조를 두도록 했다. 즉 나라의 일을 맡아 처리하는 중앙 관청으로 이조는 관리를 뽑거나 관계부처에 배치하는 인사행정을, 호조는 세금과 예산 관리를, 예조는 나라 행사 전반을, 병조는 국방과 병사에 관한 일을, 형조는 범죄와 법률 업무를, 공조는 토목과 공업 전반의 업무를 수행하도록 했다.

그런데 정도전이 이상적 정치의 근본이라며 내세운 삼정승 제도의 '재상론'은 자칫 왕을 허수아비로 만드는 오해를 불러일으키게 할 수 있었다. 즉 나라의 일은 똑똑한 재상 세 명이 관장하며, 왕은 그 일에 대한 재가만 내리면 된다는 것이었다.

태조 이성계는 이와 같은 정도전의 정치철학을 전적으로 받아들였으며, 강씨 소생의 막내아들 방석을 세자로 정하여 그를 사부로 삼았다. 방석이 세자로 책봉되는 과정에서 정도전 역시 힘을 실어준 바 있으며, 유교 정신을 덕목으로 한 조선왕조의 튼튼한 정치 기반을 조성하기 위해 이성계는 그를 세자의 스승으로 기용한 것이었다.

세자 책봉 당시 가장 분통을 터뜨린 왕자는 한씨 소생의 여섯 아들 중 다섯째인 이방원이었다.

"보자 보자 하니까 아주 삼봉이 나라를 제 손바닥에 올려놓고 맘대로 하려고 드는군! 이는 도무지 눈 뜨고 볼 수 없는 일 아닌가?"

한때 이방원은 정도전을 '삼촌'이라 부르며 따랐었는데, 그의 입에서 '삼봉'이란 호가 스스럼없이 튀어나왔다. 고려 말 새로운 왕조를 설립할 시기에는 한솥밥을 먹는 식구와도 같은 관계였는데, 정도전이 세자 방석의 사부가 되면서 정적으로 변해버린 것이었다.

더구나 이방원은 정도전의 '재상론'을 읽고 나서 왕을 허수아비 취급하는 것에 대해서 도무지 가만히 있을 수 없다는 생각을 갖고 있었다.

"어떻게 세운 왕조인데, 삼정승을 내세워 왕권을 쥐고 흔들게 하는가?"

이방원은 울화통이 터질 때마다 탁자나 방바닥을 주먹으로 쳤다. 고려 말 새로운 왕조를 세울 당시 이성계의 여덟 명이나 되는 아들 중에서 이방원이 가장 많은 공을 세웠다는 것은 자타가 공인하는 사실이었다. 그런 이유로 하여 그역시 은근히 세자로 책봉되길 바랐고, 당연히 자신이 부왕의 뒤를 이어 왕이 되면 강력한 군주로 조선왕조를 탄탄한 기반 위에 올려놓겠다는 야망을 갖고 있었다.

그런데 그런 이방원이 자신의 야망을 달성하는 데 있어 가장 큰 걸림돌이 된 것이 정도전이었다. '재상론'에서도 드러나듯이 정도전의 야심은 왕을 허수아비로 세우고 자신이 전권을 휘두르는 정치를 하겠다는 것이 명백하였다. 태조 이성계 다음으로 어린 세자 방석이 왕위에 오른다면, 나라의 주인은 왕이 아니라 재상들 세상이 될 것이 확실하였다. 이방원이 정도전을 정적으로 인식하게 된 결정적인 이유였다.

한편 정도전 또한 이방원의 야망이 무엇인지 잘 알고 있었다. 왕자 중에서도 특히 이방원은 사병을 많이 거느리고 있어 어린 세자 방석을 안전하게 보호하기 위해서는 사병 혁파를 단행해야 한다고 판단했다. 이방원의 무장 세력이 언제 어느 때 반역의 칼을 들고 세자에게 위해를 가할지 모르기 때문이었다.

당시 태조 이성계는 정도전에게 병권까지 맡기고 있었다.

"외적으로부터 나라를 지키기 위해서는 군대를 강하게 만들어야 합니다. 고려시대의 유물이라 할 수 있는 사병제도를 개혁하여, 개인이 아니라 백성의 생명을 지키는 군대를 강화해야 하옵니다. 마땅히 사병 혁파를 단행하여, 개인이 기르던 사병들을 모두 국가에 귀속시키도록 하는 것이 시급한 사안이라 사료되옵니다."

정도전은 태조를 알현하고 이처럼 사병 혁파를 강력하게 주장하였다. 이미 세자가 결정된 상황이었으므로 이성계는 어린 방석을 보호하려는 마음이 앞섰고, 이런 내면 심리가 이심전심 정도전과도 통하는 바가 많았다.

그러나 이성계 역시 고려 말 사병을 많이 두어, 그 덕으로 새로운 조선왕조를 건설하였으므로 권력을 쥔 세력가들의 사병을 하루아침에 혁파하기는 매우 힘들 것으로 생각했다. 우선 왕자 중 이방원의 사병들은 조선왕조 건설에도 혁혁한 공을 세웠을 뿐만 아니라, 가장 강한 무장 세력을 보유하고 있었다.

"사병 혁파가 간단치는 않을 것이오. 말썽이 나지 않도록 설득력을 가지고 진중하게 실행토록 하시오."

이성계는 옳다고 판단하면 반드시 관철시키고야 마는 정도전의 기질을 잘 알기 때문에, 사병 혁파 정책에 염려스러운 부분도 있었던 것이다.

그러나 정도전은 사병 혁파 정책에서만큼은 자신의 신조를 버리지 못했다. 사병 혁파에는 두 가지 득이 있었다. 권력자들이 가지고 있는 사병을 국가에 귀속시켜 나라의 기강을 튼튼히 하는 데 일조할 수 있고, 두 번째는 아직 나라의 기반이 정비되지 않은 상황에서 사병들을 둔 세력가들이 언제 어느 때 준동할지 모르므로 그 싹을 잘라버린다는 의미에서 사병 혁파는 시급하게 단행해야 할 중대한 사안이었다.

정도전이 사병 혁파의 대상에서 가장 걸림돌로 생각한 것은 이방원의 세력이었다. 왕자 중에서 가장 많은 사병을 갖고 있었고, 그 수하들도 무술에 뛰어난 자들이 많아 세력이 만만치 않았다. 만약 사병 혁파를 단행할 때 반항하게 되면 피를 부르는 싸움이 될 수도 있었다. 정도전의 고민이 거기에 있었다.

그런데 정도전 수하 중 박포라는 자가 있었다. 정도전의 심중을 꿰뚫어본 그는 남몰래 이방원을 찾아가 다음과 같이 고해바쳤다.

"곧 사병 혁파를 단행하려고 합니다. 정안군께선 삼봉을 조심하셔야 합니다."

박포의 이 같은 말을 듣고 이방원은, 그것이 바로 정도전이 사병 혁파를 빌미로 자신을 죽이려고 하는 음모라고 이해하였다. 태조 이성계가 왕위에 오른 이후 이방원은 왕자 신분이라 '정안군'으로 불리고 있었다.

"이는 좌시할 수 없는 일이다. 이젠 나의 팔다리를 모두 자르자는 것 아닌가?"

이방원이 두 주먹을 불끈 쥐며 터뜨린 일성이었다.

그때 이방원의 뇌리에 번뜩 스치는 얼굴이 있었다. 하륜이었다.

하륜은 조선왕조의 새로운 도읍지를 정할 때 영향력을 행사했던 인물로, 최종적으로 한양에 궁궐터를 정하면서 정도전과 의견이 엇갈려 두 사람 사이가 예전 같지 않았다. 이때부터 하륜은 태조의 다섯째 아들 이방원과 가까이 지내게 되었는데, 두 사람 모두 내색은 하지 않았지만 정도전을 정적으로 생각해 서로 마음이 통했다.

때마침 하륜이 이방원을 찾아왔다.

"하륜 대감께선 혹시 호랑이가 아니시오?"

이방원이 하륜을 반갑게 맞이하였다.

"호랑이라니요? 대체 무슨 말씀이신지?"

하륜이 자리에 앉으며 물었다.

"호랑이도 제 말을 하면 온다는 속담이 있지 않소이까? 내가 방금 하륜 대감을 생각하고 있었는데, 이렇게 나타나시니 말씀이외다."

이방원은 그러면서 껄껄대고 웃었다.

"지금 웃음이 나올 때입니까?"

하륜이 정색을 하고 무릎을 당겨 앉았다.

"삼봉 때문에 오셨군요?"

이방원은 이미 하륜의 심리를 거울 들여다보듯 꿰뚫어 보고 있었다.

"왜 아니겠습니까? 정안군께선 삼봉이 사병 혁파로 노리는 것이 무엇이라 생각하십니까?"

하륜이 단도직입적1으로 물었다.

"내 옆구리 아니겠습니까?"

이방원은 여전히 웃음을 거두지 않은 채 말했다. 그렇게 태연함을 가장했지만, 실상은 그의 옆구리가 예리한 칼로

---

1 단도직입적(單刀直入的): 여러 말을 늘어놓지 아니하고 바로 요점이나 본문제에 들어가는.

쑤신 듯 아팠다.

"어찌하실 생각이십니까?"

"내가 대감을 기다린 것이 바로 지혜를 얻고자 하는 마음 때문입니다. 방금 수하를 시켜 대감댁에 보내려고 했는데, 그걸 알고 이렇게 와주셨으니 혜안을 갖고 계실 줄로 믿습니다."

이방원은 안면에서 웃음기를 거두고 진지한 얼굴로 하륜을 직시했다.

"방금 전, 정안군께서 호랑이 말씀을 하셨습니다. 곁에 호랑이를 두고 싶은 마음이 간절하실 터인데, 안산 호랑이를 부르시면 어떠하겠습니까?"

하륜은 한껏 목소리를 낮추었다.

"안산이나 인왕산이나 무악재를 넘나드니 그 호랑이가 그 호랑인데, 대체 어떤 호랑이를 말씀하시는지요?"

"가까운 안산이 아니라 서해 쪽에 멀리 있는 안산에도 호랑이가 살고 있습지요."

"이숙번을 말씀하시는 게로군요."

이방원의 말에 하륜은 그저 말없이 머리를 끄덕거렸다.

두 사람은 그것으로 마음의 일치를 보았다. 그들은 당시 지안산군사로 있는 이숙번을 동시에 머릿속에 그리고 있었다.

이숙번은 고려 말 공양왕 때 생원시에 합격한 후, 조선왕조에 들어와 1393년(태조 2년)에 식년문과 병과로 급제한 문관이었다. 이방원 역시 문과의 병과로 급제한 바 있어, 두 사람은 문관이면서 동시에 무술이 뛰어나 문무를 겸비하고 있다는 공통점을 갖고 있었다. 하륜이 처음 두 사람을 만나게 해주었는데, 몇 번 이야기하다 보니 의기투합이 되어 나중에는 의형제를 맺기까지 했다.

이방원은 하륜과 이야기를 끝낸 직후 말 잘 타는 수하를 불러 안산으로 달려가 이숙번을 만나게 했다. 수하가 이방원의 서찰을 전하자, 이숙번은 만사 다 제쳐두고 바로 그 다음날 한성으로 달려왔다.

그날 저녁, 이방원은 하륜까지 불러 이숙번과 함께 셋이서 비밀 회동을 가졌다.

"사병 혁파는 위기이자 기회입니다. 이때 삼봉을 제거하면 자연스럽게 우리가 병권까지 거머쥘 수 있습니다."

이숙번이 주먹을 불끈 쥐었다.

"문제는 전하일세. 전하가 오직 믿는 것은 삼봉뿐인데, 그를 제거하면 그 진노가 하늘을 찌를 걸세."

이방원은 심각했다.

"사태가 벌어지면 어차피 전하의 분노를 잠재울 길은 없습니다. 삼봉을 제거하면서 세자를 가만둘 수는 없는 노릇이니까요."

"딴은 그러하다만."

"오늘 밤 안으로 결론을 내야만 합니다. 곧 사병 혁파를 단행하게 될 터인데 더 이상 미루다간 절호의 기회를 놓치고 맙니다."

이숙번은 지안산군사 벼슬까지 버리기로 마음먹고 달려온 마당이었다.

"만일 삼봉을 제거하여 사병 혁파를 막게 된다면, 그 이후의 계획까지도 철저하게 세워놓아야 합니다. 사실상 사병 혁파는 언제 하더라도 반드시 해야 할 중대한 일입니다. 즉 정안군께서 실권을 잡으면, 곧바로 사병 혁파를 단행하여 다른 세력들의 준동을 막아야 할 것입니다."

깊이 생각에 잠겨 있던 하륜도 은근히 이방원의 결단을 촉구하고 나섰다.

"좋습니다. 내일 밤 결행합시다."

이방원은 어금니를 꽉 깨물며 한일자로 입을 닫았다.

다음 날 밤, 이방원은 그가 거느린 사병 중 무술이 뛰어난 자들을 선발하여 정도전의 집으로 떠났다. 이숙번이 그 무리를 이끄는 수장 역할을 맡았다.

"여기서부터 작자 흩어져 삼봉의 집을 사방에서 에워싸

도록 하라. 그리고 우선 너희 세 명은 삼봉의 집을 가운데 두고 그 이웃의 세 집에 불을 지르도록 해라. 저기 한 집은 민씨 성을 가진 자의 집이니 남겨두어라."

이숙번의 명령이 떨어지자, 무리들은 각자 맡은 임무대로 재빠르게 움직였다.

드디어 정도전의 집을 에워싼 이웃집 세 곳에서 불길이 솟았다. 이것을 신호로 하여 이숙번은 무리들을 이끌고 정도전의 집으로 들이닥쳤다.

이때 정도전은 이웃집 세 곳에서 불길이 치솟자, 사태의 위급을 알고 불이 나지 않는 다른 한 집으로 피신했다. 이숙번이 정도전의 집과 이웃한 네 집 중 이 집만 빼고 불을 지른 것은, 전 판사 민부의 집이었기 때문이다. 민씨이므로 이방원의 처가 쪽과 가깝다는 생각에 남겨둔 것인데, 다급한 나머지 정도전이 그곳으로 몸을 피한 것이었다.

밖이 소란스러우므로 민부는 바로 사태를 짐작하였다. 이방원의 사병 무리들이 정도전을 죽이려고 그의 집으로 들이닥친 것을 알고, 민부는 자신의 살길을 찾기 위해 대문을 열고 나와 고자질을 했다.

"캄캄해서 잘 보지 못했으나 방금 우리 집으로 웬 배가 불룩한 사람이 숨어들었습니다."

민부는 이미 집안으로 숨어든 자가 정도전임을 알고 있었으나, 이름을 대지 않고 그렇게 말했다.

이숙번은 바로 알아듣고 그 집 대문으로 뛰어 들어가 배가 불룩한 사람을 붙잡았다. 그가 바로 정도전이었다.

곧 정도전은 이방원의 앞으로 끌려갔다.

"조선의 봉화백이 되고도 무엇이 모자라 그토록 욕심을 부리시는 것이오?"

이방원이 정도전을 향해 일갈하였다.

"내가 아니라 오히려 정안군이 과도한 욕심을 부리는 것 아닌가?"

정도전이 고개를 빳빳하게 들고 저항하였다.

"허헛, 참! 봉화백께서 죽음을 자초하시는구려."

이방원은 졸개들로 하여금 정도전의 목을 치게 하였다.

정도전의 죽음과 함께, 그와 동조하던 세력인 남은·심효생·박위·유만수·장지화·이근 등이 이방원의 사병 무리들에게 살해당했다. 세자 방석은 폐위되어 귀양 도중에 역시 살해당했고, 그의 동복형 방번도 함께 죽었다.

이 사건을 '제1차 왕자의 난' 또는 '정도전의 난'이라고 하였다. 무인년에 일어난 사건이라 하여 '무인정사'라고도 칭했다.

14. 태상왕

"뭐, 뭐라구? 방원이 네, 이놈!"

태조 이성계는 용상에서 부들부들 떨었다. 열이 나서 얼굴이 벌겋게 달아올랐고, 고개를 뻣뻣이 들고 꼿꼿한 자세를 유지하려고 해도 수염이 덜덜 떨리고 비틀거리는 몸은 도무지 말을 듣지 않았다.

"삼봉은 어린 세자를 내세워 역모를 꾸미려고 했습니다. 그자는 감히 재상론을 주장하며 왕을 허수아비로 만들고 제 마음대로 나라 정치를 좌지우지하려 들었습니다."

정도전을 죽인 다음 날 이방원은 태조에게 사건의 진상을 그렇게 고하였다.

"네, 이 이놈! 어이쿠! 네놈이 세자와 방번까지……."

이성계는 용상에서 벌떡 일어나려다 털썩 주저앉았다. 신덕왕후 강씨의 소생인 두 아들까지 '죽이지 않았느냐'고 소리치려다 갑자기 혈압이 올라 쓰러진 것이었다.

이성계는 2년 전인 1396년(태조 5년) 신덕왕후 강씨가 화병으로 사망한 이후 시름시름 앓고 있었다. 그때도 이방원이 어린 세자의 책봉을 문제 삼으며 난동을 부려, 그 충격으로 강씨가 화병을 앓다 죽었던 것이다.

"네놈이 기어코, 끄으응……!"

늙은 내관이 용상으로 달려가 이성계를 부축했지만, 곧바로 몸이 축 늘어지고 말았다.

이때 이방원은 부왕을 내전으로 옮겨 시의가 응급처방을 하도록 한 후, 둘째 형인 영안군 이방과를 불러들인 후 다음과 같이 말했다.

"큰형님이 이미 이 세상에 없으니, 다음 왕위는 둘째 형님께서 오르셔야겠습니다."

"내, 내가 어찌? 아바마마가 계시지 않는가?"

이방과는 벌벌 떨었다. 그는 타고 나기를 용기와 지략이 뛰어나 고려 때 부친 이성계와 함께 북방의 외적을 무찌르는 데 많은 전공을 세웠다고 하나, 원래 성품이 착해 강직한 성격을 가진 동생 이방원을 은근히 두려워하고 있었다.

"아버님은 이미 연로하셔서 왕위를 지키기 힘듭니다. 벌써 2년째 지병을 앓고 계신 것 형님도 잘 아시지 않습니까? 이미 세자 방석도 이 세상 사람이 아니니, 형님이 왕위에 오르시는 것이 순리입니다."

간밤에 일어난 처참한 죽음의 참극을 알고 있는 이방과

는 이제 이방원의 말이 곧 법임을 모르지 않았다.

"그, 그래도 왕위 자리는 나보다 아우가 오, 오르는 것이 순리 아니겠는가?"

이방과는 떨려오는 몸을 억지로 가누며 이방원에게 그렇게 되물었다.

"아닙니다. 형님이 조선왕조의 두 번째 왕이 되셔야 합니다."

"그, 그럼 아버님은?"

"이제부터 상왕이 되셔서 지병을 다스리셔야지요."

이방원은 자신의 머릿속에서 이미 계산되었던 생각대로 말을 이어 나갔다.

"그, 그렇다면 말일세. 자네는 어찌하고?"

"형님께서 왕위에 오르시고 나서 판단하실 문제입니다. 우선 한시라도 왕위를 비워둘 수 없는 문제이니, 어서 저 용상에 오르소서!"

이렇게 하여 이방과는 조선왕조 두 번째 임금의 자리에 올랐다. 그가 바로 정종이다.

정종은 왕위에 오른 후 고민에 빠졌다. 세자가 없으니 새로 누군가를 책봉해야 하는데, 그에게는 정실부인이 낳은 자식이 없었다. 자식들이 많았으나 모두들 후처 소생이었다.

"정안군을 들게 하라!"

정종은 고민 끝에 이방원과 세자 책봉 문제를 논의하게 되었다. 이미 상왕이 된 이성계는 궁궐에 있지도 않았다. 자식들 간에 피를 부르는 형제 싸움으로 충격을 받아 살맛조차 잃어버린 그는 도무지 궁궐 생활을 할 수가 없었다. 그래서 그는 심신을 달래기 위해 도봉산 옥천암으러 가서 머물렀다. 만사를 잊고 싶었던 것이다.

"전하, 불러 계시옵니까?"

이방원이 예를 갖추었다.

"여보게 아우! 이곳 한성은 조선왕조의 궁궐로 적당치 않은 것 같으니, 개경으로 돌아가는 것이 어떠한가?"

정종은 우회적으로 돌려서 한성의 터가 잘못되어 골육상쟁이 일어난다고 말하고 있었다. 직접적으로 말하면 이방원을 질타하는 것이 되므로, 눈치를 보면서 그의 안색을 살피지 않을 수 없었다.

"정 원하신다면 그렇게 하시옵소서. 그리고 도성을 개성으로 옮기기 전에 반드시 해결해야 할 것이 있사옵니다."

"무엇인가?"

"사병 혁파입니다. 아직도 권력을 가진 자들이 사병을 양성하고 있습니다. 그들이 언제 어느 때 역도로 변할지 모르니, 그 싹을 아예 잘라야 할 것이옵니다."

이방원은 그러면서 자신부터 사병 혁파를 단행하여 시범을 보이겠다고 말했다.

"옳은 말이네. 그렇게 하도록 하시게."

정종은 사병 혁파의 전권을 이방원에게 주었다.

"알겠습니다. 어명을 받자와 곧바로 사병 혁파를 단행토록 하겠나이다."

이방원은 이처럼 정종에게 격식을 갖추어 말했으나, 사실상 실권은 그 자신이 쥐고 있었다.

"그리고 아우, 세자 책봉 문제가 시급하네. 그동안 곰곰이 생각해 봤는데, 이 몸은 정실 자식이 없어 세자를 세울 수가 없네. 해서, 정안군이 왕세제가 되어주길 바라는 바일세."

정종의 말은 바로 다음 왕위는 이방원이 이어야 한다는 것이었다.

사실상 이방원은 무인정사 직후 그 자신이 왕위에 오르고 싶었다. 그것을 둘째 형 이방과에게 물려준 것은 미리 계산된 순서에 의한 것이었다. 이방과에게는 정실 자식이 없으므로, 당연히 세자 책봉 문제로 고민할 수밖에 없다는 것을 이방원은 치밀하게 계산해 두고 있었다.

"세자 책봉 문제는 개경으로 도성을 옮긴 후 논의하심이 옳을 듯하옵니다. 우선 지금은 사병 혁파가 시급한 문제이옵니다."

이방원은 곧바로 왕세제 제의를 받아들이고 싶었으나, 아직 형제들 간에 논란이 될 것을 우려하여 후일을 기약하기로 했다.

그러나 사병 혁파도 왕실, 즉 이성계의 많은 아들들이 개인적으로 기르는 사병을 하루아침에 없애기가 쉽지 않았다. 이방원의 고심은 거기에 있었다. 그의 형들은 정종 이방과 다음으로도 이방의와 이방간이 있었다. 그리고 그의 밑에 막냇동생 이방연도 각자 사병을 갖고 있었던 것이다.

사실상 이방원이 사병 혁파를 주장한 것은 형제들, 특히 형들의 사병을 없애야만 자신이 다음 왕위를 잇는 데 걸림돌이 없기 때문이었다. 사실상 그 걸림돌을 제거하려는 것이야말로 이방원이 사병 혁파를 단행하겠다는 강한 의지라고 할 수 있었다.

결국 정종이 개성으로 도성을 옮길 때까지도 이방원은 사병 혁파 단행을 차일피일 미루고 있었다. 일단 그 자신의 사병부터 없애야 마땅한데, 그렇게 될 경우 형들이 정적이 되어 사병을 동원해 그를 공격할 우려가 있었다.

마침내 정종은 1399년 개경으로 천도하였다. 그리고 1400년 초에 다시 이방원을 다음 왕위를 이을 왕세제로 책봉하려고 하자, 이성계의 넷째아들 이방간이 반란을 일으켰다. 요는 셋째, 넷째를 건너뛰고 다섯째로 왕세제 자리가 돌아간다는 것은 순리에 맞지 않다는 것이었다.

그런데, 이방간이 반란을 일으키는 촉발제가 된 것은 박포의 고자질이었다. 원래 박포는 정도전이 이방원을 죽이려 한다고 밀고하여 '제1차 왕자의 난'이 일어나게 한 장본인이었다. 그런데 이방원은 사건 직후 논공행상을 따질 때 박포의 공을 크게 평가하지 않아 일등 공신으로 올려주지 않았다. 이에 분격한 박포가 불평을 토로하자, 이방원은 도리어 그를 죽주로 귀양 보내기까지 했다.

얼마 되지 않아 귀양살이에서 해배된 후 박포는 개성에 와서 이번에는 이방원이 이방간을 죽이려 한다고 이간질했던 것이다. 이방원에 대해 품고 있던 원망을 그런 식으로 풀어 이방간을 충동질한 것이었다.

그렇지 않아도 동생 이방원에게 많은 불만을 갖고 있던 이방간은 박포의 말을 확인조차 하지 않고 분기탱천하여 자신의 사병을 이끌고 가서 이방원을 죽이려고 선수를 쳤다.

그러나 이방간은 자신보다 더 많은 사병을 갖고 있는 이방원을 당해낼 재간이 없었다. 개성 한 복판에서 벌어진 두 사병 세력의 싸움에서 이방원은 일방적인 승리를 거두었다. 이때 이방간은 사로잡혀 유배형에 처해졌고, 박포는 괘씸죄를 물어 사형으로 다스렸다. 이것이 바로 '제2차 왕자의 난'이었다.

사태가 이쯤 되자, 마음이 다급해진 것은 정종이었다. 언제 이방원의 칼끝이 자신의 옆구리를 쑤시고 들어올지 모른다고 생각했다.

"이제 난도 정비됐으니, 정안군이 왕세제의 자리에 오르도록 하시게."

정종이 이방원을 불러 말했다.

사실상 개성으로 도성을 옮겨와서도 혈육 간에 피를 뿌리는 골육상쟁이 그치지 않자, 정종은 어서 빨리 왕위에서 물러나고 싶었다. 그는 왕위에 오른 후 격구 경기 관전을 즐기거나 사냥을 하는 등 정치 일선에서 떠나 있었다. 정사에 관한 모든 실권을 이방원이 쥐고 흔들었기 때문이다.

마침내 이방원도 정종의 권유대로 1400년 2월에 왕세제 책봉을 받아들였다. 그것은 왕위에 오르기 위한 행정 절차에 불과했으므로, 더 이상 시간을 지체할 필요도 없었다. 따라서 그해 11월에 이방원은 조선왕조 제3대 왕위에 올랐다. 그가 바로 태종이다.

　태종이 즉위한 후 정종은 상왕으로, 태조 이성계는 태상왕으로 불리게 되었다. 하지만 그때까지도 이성계는 이방원을 괘씸하게 여겨 옥새를 넘겨주지 않은 채 몸소 간직하고 다녔다. 정종 즉위 직후 도봉산 옥천암으로 가서 머물던 그는 다시 소요산으로 떠났다가 '제2차 왕자의 난' 소식을 접한 후 크게 자식들에게 실망하여 함주(함흥)로 가서 머물렀다. 함주는 젊은 시절 이성계가 북방 경계를 하며 동북면 병마사로 외적을 물리치던 곳이었다.

　태조 이성계가 나이 들어 불교에 심취한 것은 무학대사의 영향도 있었겠지만, 신덕왕후 강씨의 죽음 이후 형제간에 골육상쟁의 피 튀기는 싸움이 일어나면서 비명에 간 자식들의 극락왕생을 빌기 위한 마음이 강했기 때문일 것이다. 태종 이방원은 다시 도성을 한양으로 옮긴 후 태상왕을 궁궐로 모시기 위해 함주, 즉 함흥으로 차사를 여러 번 보냈다. 그때마다 이성계는 형제들을 많이 죽인 이방원을 미워하는 마음에 차사를 향해 화살을 쏘았다고 한다. 세간에서는 함흥에 간 차사가 이성계의 화살에 맞아 죽는 바람에 돌아오지 않았다고 해서 '함흥차사'라는 말이 떠돌기까지 하였다.

그러나 이성계는 말년이 되어 무학대사의 간청으로 1402년 한양으로 돌아왔다. 이때 태종은 부왕인 태상왕의 거처를 새로 지어 덕안전에 머물게 했는데, 이성계는 그곳에서 불공을 드리며 자주 신덕황후가 잠든 정릉을 찾아가기도 했다.

1404년(태종 4년)에 창덕궁을 지어 조선은 경복궁과 함께 양궐 체제를 유지하였다. 태상왕 이성계는 말년에, 창덕궁에 머물다 1408년 5월 24일 궁궐 후원의 별전에서 향년 74세로 일생을 마감했다.

소설 이성계 해설

조선왕조를 개창한 이성계는 그동안 소설과 드라마의 소재로 많이 다루어져 왔다. 그럼에도 불구하고 역사는 계속 다시 씌어져야만 한다. 역사 해석은 어느 쪽에서 바라보느냐에 따라, 무엇에 중점을 두느냐에 따라 달리 해석될 수 있는 여지가 많기 때문이다.

이 소설은 한창 자라나는 청소년들을 위한 독서와 학생들의 역사 공부에 도움이 되는 학습 부교재 역할도 할 수 있도록 한다는 입장을 견지하고 있다. 따라서 당연히 짧은 스토리 속에 많은 역사 사건을 담아내야 하는 부담을 안고 출발할 수밖에 없다.

그 고민을 해결하기 위하여 전체 이야기의 틀(프레임)을 한정하여, 그 안에 틈틈이 곁가지 스토리들이 스며들도록 하는 소설적 구성 기법을 활용하였다. 즉 이성계의 일생을 다루기는 하되, 그가 고려 말 정치세력의 중심인물로 급부상하게 된 1380년(우왕 9년) '황산대첩'에서부터 창덕궁 별전에서 세상을 떠나는 해인 1408년(태종 8년)까지 약 30년 가까운 기간 동안 벌어진 일들을 중심 스토리로 재구성하였다. 그 틀 속에 이 시기 이전의 사건들은 시의적절하게 배분하여 전체 스토리가 이성계의 일대기가 되도록 꾸몄다.

이성계의 황산대첩에서부터 이야기를 시작한 이유는, 그가 왜구를 크게 무찌른 이 전투를 계기로 하여 마음속에서 새로운 왕조의 꿈을 키워왔기 때문이다. 전투가 끝난 후 그가 곧바로 개경으로 회군하지 않고 그의 조상들이 뼈를 묻고 종친들이 대대로 삶을 이어온 전주를 찾아갔다는 것은 매우 의미심장한 일이 아닐 수 없다.

전주 이씨로서 이성계는 바로 자신의 뿌리를 찾아가 혈맥의 힘을 충전 받고 싶었던 것이다. 그는 종친들이 베푸는 연회의 자리에서 술에 취해 '대풍가'를 불렀다. 대풍가는 중국 한나라를 세운 유방이 영포의 반란을 제압하고 고향인 패현에 들러 연회 자리에서 부른 시가였다. 왜 이성계가 그의 선조들이 뼈를 묻은 전주에 가서 그 노래를 읊었는지, 그 심리를 귀신같이 꿰뚫어 본 사람은 당시 신진사대부 출신의 정도전이었다.

정도전은 애써 고려 북방 변경의 동북면까지 찾아가 이성계를 만나 과감하게 담판을 지음으로써, 그의 심중에 숨어 있는 새로운 왕조에 대한 꿈을 현실로 불러내는 작업을 시작한다. 이때부터 이성계가 무장으로서 조선왕조를 건설하는 개척자 정신을 갖고 있었다면, 정도전은 문관으로서 조선왕조의 정신적 기틀을 다지는 설계자 역할을 맡기로 작심한 것이었다. 이와 같은 문무가 결합한 두 인물의 상부상조가 없었다면 고려를 멸망시키고 조선을 일으키는 역성혁명은 불가능했을지도 모른다.

조선왕조를 유교 국가로 만든 데는 정도전의 역할이 그만큼 컸다고 볼 수 있다. '칼로 일어서면 칼로 망한다'는 말이 있듯이, 이성계의 무력만 가지고 조선을 건국했다면 500년 역사를 이룩하기 어려웠을 것이다. 이성계 이후에도 2차에 걸친 왕자의 난이 일어나는 등 왕조 초기에 어지러운 혼란 시대가 있었지만, 점차 유교 국가로 국격을 갖추어 안정된 왕조를 이어 나갈 수 있었던 것은 정도전이 닦아놓은 국가 기둥으로서의 정신 기반이 큰 역할을 해주었기 때문이다. 비록 정도전은 급진적으로 '재상론' 등을 내세워 유교 덕목을 뿌리내리게 하려다 이방원의 칼에 목숨을 잃었지만, 세종 시대에 와서 화려하게 문화의 꽃을 피울 수 있었던 것은 유교를 덕목으로 한 정치철학이 그만큼 단단한 국가적 기반을 형성하고 있었기에 가능한 일이었다.

소설에 등장하는 많은 인물 중에서 개개인들 역시 역사의 중심에 선 사람들이 대부분이었다. 이성계를 중심 스토리로 하다 보니, 그들에 대한 이야기가 다소 소홀하게 다루어지는 경향이 있었다. 사실상 그들의 인생 또한 중요한 역사의 모티브로 소설적 구성하는 데 모자람이 없지만, 이 소설에서는 그저 스쳐 지나가는 인물로 소개하는 데 그친 것을 아쉽게 생각한다. 바로 공민왕·최영·이색·정몽주·정도전·무학대사·이방원 등등의 인물이 그러하다.

이 소설에서 중심 스토리를 이끌고 가는 이성계는 요즘 말로 '흙수저' 출신이라 할 수 있다. 개천에서 용이 난 격이다. 이성계는 고려시대 원나라 간섭기에 동북방 변경의 화령(지금의 함경남도 영흥)에서 이자춘의 차남으로 태어났다. 부친 이자춘은 원나라 천호 출신이었다. 민호의 숫자로 따져 천호를 다스리는 것이 그대로 관직명이 된 것인데, 원 간섭기에서 벗어나기 위해 개혁 정치를 단행한 고려가 1356년(공민왕 5년) 쌍성총관부를 공격할 때 이자춘은 고려 편에 서서 공을 세웠다. 이때 이성계도 22세의 나이로 부친을 따라 전투에 참여하여 처음으로 고려의 관직을 얻을 수 있었다.

이처럼 이성계는 고려 동북방 변방의 한미한 무사 집안 출신이었지만, 홍건적의 난과 왜구들을 무찔러 큰 공을 세우면서 그 이름이 널리 알려지게 되었다. 특히 지리산 운봉 지역에서 왜구를 소탕한 '황산대첩'은 그가 고려 정계에 두 각을 나타내는 계기가 되었다. 일찍부터 왜구를 크게 무찔러 '홍산대첩'으로 큰 명성을 얻은 최영과 쌍벽을 이루는 고려 무장이 되기까지 이성계의 인생은 숱한 우여곡절의 파란을 겪어왔다. 그 많은 전투에서 그는 백전백승의 전과를 올렸는데, 이는 장수로서 리더십이 그만큼 뛰어나다는 것을 증거하고 있다. 물론 때로 전투에서 실패를 할 수도 있지만, 그는 그 실패의 상황을 곧바로 반전시켜 승리로 이끄는 전략을 만들었다.

조선왕조를 건국하는 과정에서 이성계는 고려 말 정치적으로 상반된 이념을 갖고 있던 정적들을 많이 희생시켰다. 그는 개인적으로 아까워한 인물들이 많지만, 새로운 왕조를 건설하기 위해서는 그들을 희생양으로 삼을 수밖에 없었다. 그 대표적인 무장으로 최영이 있고, 문신으로 이색과 정몽주가 있다.

새로운 왕조에서 같이 나라 정치를 논하며 도움을 받고 싶은 마음은 굴뚝같았지만, 이성계는 아쉽지만 그들을 제거할 수밖에 없었다. 이렇게 역성혁명을 이끄는 데 걸림돌이 되는 인물들을 하나하나 퇴치해 가는 과정에서 그는 가

습앓이를 많이 했을 것이다. 특히 다섯째 아들 이방원에 의해 정몽주가 죽었을 때 이성계는 많이 진노하였다.

이처럼 한 왕조를 새롭게 세운다는 것은 그 과정에서 많은 우여곡절을 겪을 수밖에 없다. 이성계는 강력한 리더십을 갖고 있었기 때문에 조선의 건국자가 될 수 있었다. 그 리더십을 정리하면 다음과 같은 것이 될 것이다.

첫째 이성계의 리더십은 결단력이다.

위화도 회군은 강력한 카리스마를 가진 리더가 아니면 결심하기 어려운 사안이었다. 당시 우군도통사였던 이성계는 좌군도통사 조민수보다 나이도 어리고 직급으로도 밀리는 입장이었지만, 그는 주도적으로 나서서 위화도 회군을 결정하는 리더십을 발휘하였다. 결국 조민수도 한발 늦게 이성계의 뒤를 따라 회군할 수밖에 없게 만들었던 것이다.

둘째 이성계의 리더십은 성취력이다.

이성계는 홍건적이나 왜구를 소탕할 때 백전백승하는 명장으로 이름을 날렸다. 그는 '신궁수'란 별명을 얻을 정도로 활쏘기 등의 무술에 뛰어났지만, 반드시 해내고야 말겠다는 의지를 실천으로 옮긴 점이 리더로서 더욱 돋보인다.

셋째 이성계의 리더십은 신뢰심이다.

한나라 유방의 책사가 장자방이듯이, 이성계의 책사는

정도전이었다. 그는 정도전의 말을 전적으로 믿고 따랐다. 만약 정도전이 없었다면 이성계는 역성혁명에 성공하지 못했을지도 모른다. 역사학자들은 정도전을 '조선왕조의 설계자'라고 하는데, 그 설계를 바탕으로 이성계는 '무력'을 도구로 하여 '조선'이라는 왕조를 개창한 것이다.

조선왕조가 500년 역사를 자랑하는 것은, 건축물로 말한다면 설계가 완벽하고 시공에 큰 하자가 없었다는 증거다. 나무도 뿌리를 튼튼히 땅속에 내려야 힘차게 하늘을 향해 가지를 뻗듯이, 나라도 기반을 튼튼히 다져야 오래도록 역사를 지속해 나갈 수 있는 것이다.

이성계 연보

1335년(충숙왕 복위 4년)   함경도 화령에서 이자춘의 차남으
                          로 출생.

1356년(공민왕 5년)   고려군 장수 유인우가 원나라 쌍성
                          총관부를 공격할 때 부친 이자춘을
                          도와 22세의 청년 장수로 출전해
                          공을 세움.

1361년(공민왕 10년)   부친의 벼슬을 이어받아 금오위상
                          장군, 동북면상만호가 되었다. 그해
                          10월 독로강만호 박의가 반란을 일
                          으키자 휘하 군사를 이끌고 가서 이
                          를 평정함. 11월에 홍건적 왕원수
                          이하 100여 명의 목을 베었음.

1362년(공민왕 11년)   원나라 장수 나하추가 수만의 군사
                          를 이끌고 홍원 지방에 쳐들어오자,
                          동북면병마사로 임명되어 함주(함
                          흥) 평야에서 격퇴시켜 명성을 크게

떨침.

1364년(공민왕 13년)	최유가 원나라 군사 1만을 이끌고 평안도 지방으로 쳐들어오자, 최영과 함께 수주 달천에서 이들을 격퇴시킴. 이때 압록강을 건너 도망간 원군은 고작 17명뿐이었다고 함.
1370년(공민왕 19년)	기병 5천과 보명 1만을 거느리고 압록강을 건너 만주의 오녀산성을 함락시킴. 그해 11월 지용수 등과 함께 다시 압록강을 건너 만주의 동녕부를 점령하고 요동성을 함락시켰으나, 군량미가 모자라 후퇴함(제1차 요동 정벌).
1375년(우왕 1년)	활로 호랑이를 잡아 우왕에게 바침.
1377년(우왕 3년)	왜구가 개경을 위협할 때 서강부원수로서 이를 격퇴함. 그해 5월 지리산에서 왜구를 크게 물리침.
1380년(우왕 6년)	9월, 양광·전라·경상도 도순찰사가 되어 지리산 일대에서 약탈을 일삼던 왜장 아지발도의 군대를 운봉에

서 크게 섬멸함. 이를 '황산대첩'이
라고 하며, 고려 조정에서도 그 명
성이 크게 알려짐.

1383년(우왕 9년)　　　동북면도지휘사로서 여진인 호발도
의 4만 기병을 이지란(여진족 명 통
두란)과 함께 길주에서 크게 물리
침. 이때 함주 막사로 찾아온 정도
전과 의기투합, 신진사대부 세력과
가까워짐.

1385년(우왕 11년)　　　함주 등지로 쳐들어온 왜구를 격퇴
시켜 '정원십자공신'이라는 칭호를
받음.

1388년(우왕 14년)　　　1월, 문하시중 최영과 함께 임견미·
염흥방 등을 주살함. 이때 이인임은
최영의 도움으로 사형을 면하고 유
배형에 처해짐. 수문하시중이 됨.
5월, 우군도통사가 되어 요동 정벌
에 나섬. 위화도 회군을 단행하여
개성으로 돌아와 최영 일파를 물리
치고 정권 실세의 권력자가 됨. 우

왕을 폐하고 창왕을 세움.

1389년(공양왕 1년)   11월, 창왕을 폐하고 공양왕을 세움.

12월, 유배지에서 우왕과 창왕을 시해함.

1390년(공양왕 2년)   9월, 한양으로 천도함.

1391년(공양왕 3년)   2월, 한양에서 개경으로 환도함.

5월, 과전법을 시행함.

1392년(태조 1년)   3월, 해주에서 낙마함.

7월, 수정궁에서 태조 이성계가 즉위함으로써 고려가 멸망하고 새로운 왕조 조선이 건국됨. 신덕왕후 강씨 소생의 둘째 아들 방석을 세자로 책봉.

1394년(태조 3년)   공양왕 부자가 유배지 삼척에서 살해됨.

10월, 한양으로 천도함.

1396년(태조 5년)   8월, 신덕왕후 강씨 사망.

1398년(정종 1년)   8월, 이방원에 의해 '제1차 왕자의 난' 발생. 무안대군(방번), 의안대군

(세자 방석), 정도전, 남은 등이 피살됨. 태조, 둘째아들 방과(정종)에게 선위하고 상왕으로 물러남. 정종, 개경으로 천도함.

1400년(정종 2년)   1월, 이방원에 의해 '제2차 왕자의 난'이 일어남. 회안대군(방간) 토산으로 유배되고, 박포 등은 처형됨. 2월, 이방원 왕세제에 책봉됨. 정종, 이방원(태종)에게 선위하고 상왕으로 물러앉음. 이때 태조 이성계는 태상왕이 됨. 이성계는 이방원이 골육상쟁을 일으켜 왕이 된 데 화가 나서 옥쇄를 들고 함주로 가서 기거함.

1402년(태종 2년)   12월, 태조 이성계 무학대사의 설득으로 함주에서 다시 개경으로 돌아옴.

1405년(태종 5년)   10월, 개경에서 한양으로 천도. 창덕궁을 건립함.

1408년(태종 8년)   5월, 태조 이성계 창덕궁 별전에서 사망. 건원릉에 묻힘.

소설 이성계를 전후한 한국사 연표

1356년(공민왕 5년)	4월, 보우를 왕사로 삼음.
	6월, 본격적으로 배원정책을 시행하면서 원의 연호를 폐지함.
1357년(공민왕 6년)	2월, 한양(남경)에 궁궐을 짓기로 함.
1359년(공민왕 8년)	홍건적이 침입하여 서경(평양)을 함락함(제1차 침입).
1360년(공양왕 9년)	1월, 홍건적을 격퇴하고 서경을 수복함.
1361년(공민왕 10년)	10월, 홍건적 10만이 삭주·이성에 침입해 옴(제2차 침입).
	12월, 홍건적이 개경을 함락하자 공민왕 복주(지금의 안동지역)로 피난함.
1365년(공민왕 14년)	2월, 노국공주 사망.
	5월, 공민왕은 신돈을 사부로 삼고 국정에 참여케 함.
1367년(공민왕 16년)	12월, 성균관대사성이 된 이색이 성리

학 보급에 힘씀. 호복(원나라 옷) 착용을 금함.

1371년(공민왕 20년)	2월, 여진인 퉁두란(이지란)이 투항해 옴.
1374년(공민왕 23년)	9월, 환관 최만생이 공민왕을 살해함. 우왕 즉위.
1376년(우왕 2년)	7월, 왜구가 공주로 쳐들어오자, 최영이 홍산에서 크게 적을 무찌름(홍산대첩).
1377년(우왕 3년)	최무선의 건의로 화통도감을 설치하고 화약과 화포를 제작함.
1381년(우왕 7년)	2월, 이인임을 문하시중에 임명함.
1382년(우왕 8년)	9월, 한양으로 도읍을 옮김.
1383년(우왕 9년)	2월, 개경으로 환도함. 3월, 조민수가 문하시중이 됨.
1384년(우왕 10년)	9월, 최영을 문하시중에, 이성계를 수문하시중에 임명함.
1385년(우왕 11년)	11월, 경상도 도순무사 박위가 왜구를 대패시킴.
1388년(우왕 14년)	12월, 전법판서 조인옥이 사찰의 토지

몰수와 불교 제한을 주장함. 이인임 사망.

1389년(창왕 1년)	2월, 경상도 도원수 박위가 왜구의 근거지 대마도를 정벌하고 왜선 300여 척을 격파함.
1394년(태조 3년)	4월, 정도전 『조선경국전』과 『불씨잡변』 지음.
1396년(태조 5년)	12월, 김사형 등이 왜구 근거지인 대마도와 이키섬을 공격함.
1400년(정종 2년)	4월, 사병을 혁파함. 도평의사사를 의정부로, 중추원을 삼군부로 고침.
1402년(태종 2년)	1월, 과거시험에서 무과를 처음 실시함. 11월, 이회·김사형 등이 '혼일강리역대국도지도'를 제작함.
1403년(태종 3년)	2월, 주자소를 설치하고 조선 최초의 동활자인 계미자를 주조함.
1406년(태종 6년)	3월, 선·교 양종의 사찰을 정비함(242개만 남기고 토지와 노비의 수를 한정함)
1407년(태종 7년)	9월, 낙동강을 경계로 하여 경상도를

좌도와 우도로 나눔.

1408년(태종 8년)   3월, 충청도 수영에서 왜선 23척을 격
퇴함. 전국 병선 수를 613척으로 늘
림.